公元787年，唐封疆大吏马总集诸子精华，编著成《意林》一书6卷，流传至今
意林：始于公元787年，距今1200余年

意林®轻文库

青春最美，梦想出发
中国式好看轻小说优鲜品牌

晴天有雨,余生有你

六夏 著

吉林摄影出版社
·长春·

图书在版编目（CIP）数据

晴天有雨，余生有你 / 六夏著 . -- 长春：吉林摄影出版社，2018.11
（轻文库 . 恋之水晶系列；038）
ISBN 978-7-5498-3853-0

Ⅰ.①晴… Ⅱ.①六… Ⅲ.①长篇小说-中国-当代Ⅳ.①I247.5

中国版本图书馆 CIP 数据核字 (2018) 第 241723 号

晴天有雨，余生有你
Qingtian You Yu,Yusheng You Ni

著　　者	六　夏
出 版 人	孙洪军
总 策 划	安　雅　张　星
品牌主编	非　非
责任编辑	施　岚　胡晓路
图书统筹	米　修
特约编辑	张雅琴
绘　　图	E.Pcat
书籍装帧	胡静梅
美术编辑	王周益
开　　本	700mm×1000mm 1/16
字　　数	300 千字
印　　张	11
版　　次	2018 年 11 月第 1 版
印　　次	2018 年 11 月第 1 次印刷

出　　版	吉林摄影出版社
发　　行	吉林摄影出版社
地　　址	长春市泰来街 1825 号 邮编：130062
电　　话	总编办：0431-86012616 发行科：0431-86012602
网　　址	www.jlsycbs.net
经　　销	全国各地新华书店
印　　刷	晟德（天津）印刷有限公司

书　　号　ISBN 978-7-5498-3853-0　　　　　定价：28.00 元

版权所有　侵权必究

如发现印装质量问题，请与印务部联系，联系电话：010-51908584

目录

- 001　楔　子
- 003　第一章　像野草一样生活
- 035　第二章　来自黑夜的孩子
- 063　第三章　那个令人捉摸不透的少年
- 091　第四章　抓住线索的尾巴
- 125　第五章　若隐若现的真相
- 145　第六章　被重新定义的关系

楔 子

Qingtian You Yu, Yusheng You Ni

凰城的冬天，总会让陆星辰格外怀念那个村子。

屋檐外的天空一片灰白，云层厚重，校园里的树木依旧葱郁，大风肆意刮过，树叶沙沙作响，阵阵阴冷。

刚盛好开水的保温杯冒着腾腾热气，陆星辰对着杯口吹了吹，正要喝，就听到一个不太友好的女声："你和肖雪泥不可能成为真正的朋友。"

走廊上人来人往，她侧目稍稍扫一眼来人，后退几步，给对方腾开接热水的位置，险些让几个正在玩闹的男生撞翻她的杯子。

"虽然你不介意她对你做的那些事情，愿意原谅她，但不代表她会感激你。"女孩见她没反应，一边接水一边继续说，"你别忘了，谁才是她最在意的人。"

陆星辰愣了愣，抬眸望向身边的女孩。"最在意的人"这样的句子落在耳朵里，那感觉就像是咀嚼着未熟的柠檬，果汁流进心里，说不出地酸涩。

这是多么讽刺的笑话啊。

"谢谢。"陆星辰欣然接受女孩的"提醒"，弯了弯嘴角。

陆星辰的笑容很浅，浅到让女孩十分不满。

她望着陆星辰的背影，声音陡然提高了八度："你敢说你和夏樊之间没有不可告人的秘密吗？"

陆星辰骤然停下脚步，握紧手里的保温杯，因为用力过度，指尖泛白，关节分明。

"你以为我不知道吗？"

"你瞒了她那么久，就不怕我告诉她真相吗？"

女孩的咄咄逼人，让陆星辰无法一走了之。

因为她怕，怕自己小心翼翼维持着平衡的天平倾塌，怕自己用心呵护的友谊破碎，怕自己再回到很久以前……

陆星辰不想再失去任何人了！

"不是你想的那样！"她神色慌张地转身，紧紧地盯着一脸胜利表情的女孩。

寒风扫过走廊，一阵刺骨的寒。

陆星辰缩了缩脖子，话到嘴边又咽了下去。她向来不爱言及自己的事情，也不关心不熟悉的人如何看待她，任往事在心底翻天覆地，也绝口不提。

何况她与夏樊之间的关系，并非三言两语就能道明，如果非要解释，一切都得从那个村子开始讲起……

第一章

像野草一样生活

Qingtian You Yu, Yusheng You Ni

1

陆星辰第一次见到夏樊的场景里，既没有偶像剧里的浪漫情节，也没有如同从漫画中走出来的翩翩少年，只有一弯清月和几点星子，亮得耀眼。彼时，在十岁的陆星辰看来，同龄的夏樊不过是一个跟着父母从城里到村子探亲的小胖子，他的表情痛苦而滑稽，嘴里还说着令人尴尬的句子——

"喂，你知不知道公共厕所在哪里？"

陆星辰看了看夏樊身后那辆从城里开来的私家车，迟疑了一会儿才面无表情地盯着夏樊说："我们这里没有公共厕所，只有茅房。"

她的语气带着明显、刻意的疏离。

"没关系，茅房也是厕所！"因为是冬天，男孩皱成一团的脸被冻得通红，加上他穿着厚厚的羽绒服，弯着腰，双手捂着肚子，就像一个球。

不管怎么说，城里的孩子看上去总是比村里的孩子要干净些，他们的身上总有一种令村里的孩子羡慕的"高级感"，哪怕此时眼前的男孩与陆星辰站在同一个空间里，仅仅隔着一米远的距离，陆星辰也能从那一米的距离里分解出越来越多的自卑情绪。

但她不为之羞耻，反而坦言："这里的茅房都很脏很臭。"

"哎呀，哪有厕所不臭的！"

"还有苍蝇飞来飞去……"

"冬天哪儿来的苍蝇？就算有也没关系，请你赶紧带我去吧！不然我真的要就地解决了！呜呜……"

原本一副事不关己的样子的陆星辰狠狠瞪了夏樊一眼："你敢脱裤子试试！又没说不带你去！"

男孩却不介意她的坏语气，捂着肚子感激地说道："谢谢你啊，你叫什么名字呀？"

名字？自从一个多月前妈妈突然消失之后，她的名字总是出现在那些不讨喜的句子里："陆星辰就是那个被妈妈抛弃的女生啊""陆星辰的妈妈就是不要她了才消失的""陆星辰就是没妈的孩子"……她的名字已经成为暗号一样存在，招来的全是不友好的嘲笑，导致她不敢再大大方方地自我介绍。

所以，她总是默默地和别人保持着距离，宁愿交不到朋友，也不想让别人知道自己的名字。就像现在，她一声不吭地把夏樊带到茅房后，就转身跑回了家。

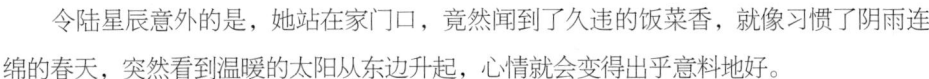

令陆星辰意外的是,她站在家门口,竟然闻到了久违的饭菜香,就像习惯了阴雨连绵的春天,突然看到温暖的太阳从东边升起,心情就会变得出乎意料地好。

她轻手轻脚地打开门,屋里的一切还是昨天刚收拾完的样子,地板上和沙发上都找不到爸爸的影子,只听见厨房传来一阵细细的水声。

"星辰,回来了啊!快去洗手吃饭吧!"陆星辰抬头就看见爸爸一脸慈爱地端着饭菜走向餐桌,她忍住心中的喜悦,立刻点了点头,乖乖去洗手。

坐到饭桌前,陆星辰看到了自己最爱吃的葱花蛋,她有点儿激动,忙用筷子夹了一大块。

"爸爸知道星辰爱吃,特地做给星辰吃的。"陆金爱怜地揉了揉陆星辰的脑袋,关心地问,"今天在学校怎么样?同学们有没有欺负你?"

比起这些关心她的话,陆星辰更希望爸爸告诉她,妈妈为什么会突然消失,真的像大家说的那样,是因为不想要她了才离开的吗?

"爸爸,同学们都问我,我妈妈去哪里了……我不知道怎么回答,他们就说是我妈妈不想要我了,才故意躲起来的……"陆星辰低头咬住筷子,眼圈发红。

她讨厌被人这么说,更讨厌自己无法辩解。

陆金闻言有些沮丧,显然是有所隐瞒的:"他们胡说!星辰,你要相信,爸爸妈妈都是世界上最爱你的人,不会不要你的。"

爸爸已经说了太多类似的话,陆星辰忍不住失望和难过,可她又不愿意破坏这好不容易和没有醉酒的父亲相处的时光,于是乖巧地"哦"了一声。

比起知道真相,她更害怕因为不听话,爸爸也会离开自己。

陆金的声音再次响起:"星辰,那是你的新朋友吗?"

陆星辰闻声望去,竟然是刚刚那个小胖子!此时那小胖子在她家门口站得笔直,两只圆溜溜的眼睛正可怜巴巴地望着她。

他怎么跟来了?陆星辰从心底涌出一阵不悦,像是被人跟踪窥视了自己的秘密一样,她飞快地跑到门口,凶巴巴地问:"你怎么会在这里?"

男孩第一次遇到这么凶的女孩子,愣愣地望着她:"我喊你,你没应我,我出来就看到你走远了,再然后我就追来了。"

"哦!那你回去吧,我要吃晚饭了!"

"我可以等你,我……我不记得回去的路了。"

他不认得路也在陆星辰的意料之中,那段路虽然不远,但绕来绕去的,不熟悉的人

很容易迷路。

当她还在纠结要不要先送小胖子回家的时候,身后传来爸爸热情的声音:"是咱们星辰的朋友吗?既然来了,那就进来一起吃饭吧。"

"好呀好呀!谢谢叔叔!"

"爸,他可是城里来的孩子!"

两个孩子不约而同地说道。

"城里来的啊……"陆金一时有些犹豫,他知道城里人吃东西很讲究,这个不卫生那个不干净,万一被扣上给人家小孩儿乱喂东西吃坏肚子的罪名就糟糕了。

可夏樊已经大步迈进门,坐在饭桌边津津有味地吃上了:"叔叔,你们家就吃两个菜吗?好少啊,不过很好吃!"

陆星辰瞪大了双眼,没有想到这小胖墩儿这么不见外,见他飞快地往自己嘴里塞葱花蛋,她急得跑过去一把抓住他的手,生气地说:"不准吃!"

她不是不懂得分享,而是这样平静的时光对她来说简直是一件奢侈品。年幼的夏樊无法理解她的心情,只觉得她小气,连陆爸爸也不明白她的斤斤计较。

"星辰!来者是客,你看他吃得多开心啊,就随他去吧。你那么爱吃葱花蛋,下次爸爸再做给你吃就是了。"陆金想起自己的妻子白然也是城里人,看小胖子的眼神又多了几分慈爱,他心里很清楚,并不是所有城里人都那么难相处。

"可是……"陆星辰咬着唇不情愿地松开手。下次要等多久?你还会不会像之前那样每晚喝得烂醉如泥?会不会因为喝醉了而对我破口大骂?

陆星辰越想越难过,看着夏樊笑得心满意足的样子,恨得牙痒痒:"死胖子!"

尽管她的声音很小,夏樊还是听到了。

男孩迎上陆星辰愤怒的目光,依然笑得灿烂:"我不叫死胖子,我叫夏樊,夏天的夏,樊……"

夏樊突然不知道该如何介绍自己的"樊"字,这个字对他来说有点儿难。他想了很久,继续说:"'樊'就是上面两个'木'字和两个乘号,下面一个'大'字,你认识这个字吗?"

十岁的陆星辰不认识这个复杂的字,不想眼睁睁地看着爸爸做的菜被他一一消灭,咬牙切齿地问:"你走不走?"

"去哪儿?"夏樊意犹未尽地舔了舔嘴唇,还不忘夸陆爸爸一句:"叔叔,您这葱花蛋做得太好吃了!"

"我带你回去!"陆星辰一边说一边用力扯着夏樊的衣服往门口走。

"哎哟，我自己会走，别扯……"夏樊挣扎着，也不生气，脸上还挂着浅浅的笑意。

陆星辰不理他，一直板着脸。

两个人走出一段距离之后，她才松开他的衣服。

夏樊歪嘴一笑，问："你是叫星辰吗？星辰的星，星辰的辰？"

陆星辰不想理他。

"是不是？你不说肯定就是了！危楼高百尺，手可摘星辰。摘星辰！"说完，夏樊故意用手扯了一下陆星辰的袖子，见她走得更快了，他赶忙追上去，又扯了一下陆星辰的袖子。

他以为自己的举动可以逗女孩子开心，却不料惹得陆星辰大怒："你干吗？"

夏樊愣了愣，换上一副讨好的笑容："摘星辰啊！"

继而他遭到陆星辰的白眼："有毛病！"

夏樊没有任何收敛，好脾气地问："我刚刚没看见你的妈妈，你妈妈呢？"

"喂，你走慢点儿嘛，为什么生气啊？"

"星辰！等等我……"

……

夏樊有一搭没一搭地和陆星辰说话，陆星辰始终没有吱声。她不全是因为生气，只是听到"妈妈"两个字，她就难过。

在她的记忆里，妈妈白然是个很漂亮的女人，村子里的人都夸白然不仅人美，还特别好相处。就在不久前，妈妈和她约定好了，只要她期中考试考了满分，就会带她到城里的游乐园，坐电视里看到的旋转木马和碰碰车。可是等陆星辰拿着满分的卷子跑回家时，妈妈却没有像以往一样笑着迎出来抱住她。陆星辰坐在门槛上从天亮等到天黑又等到下一个天亮，再也没有见过妈妈。没有人告诉她妈妈去哪儿了；妈妈为什么要离开；什么时候会回来……从那以后，她几乎每天回家看到的都是父亲酒醉后折腾出来的一片狼藉。

"喂，你怎么哭了？"耳边的声音把陆星辰从回忆里拉了回来。

陆星辰本能地摸了摸脸颊，原来真的有流泪，被陌生人目睹自己怯懦的一面，让她有些难堪。她拉下一张脸，拒绝别人探询她的心事："关你什么事？"

夏樊"哼"了一声，摸了摸鼻子："不就是吃了你家的一点儿饭吗？待会儿我给你拿好吃的弥补就是了！"

"不要!"她不想要什么好吃的,只想要妈妈回来。

"为什么?我又不是坏人!"

"就是不要!"

"至少你也假装开心一下啊!"

陆星辰突然觉得身边的胖子又吵又烦人,不由得加快了脚步。

"你这人真无趣!脾气这么大,肯定没有人愿意和你做朋友,小心长大了没人娶哟!"

肯定没有人愿意和你做朋友。

就像被人不小心踩到了尾巴一样,身体的某处传来一阵阵生疼,陆星辰涨红了脸,猛地回头冲夏樊大声吼道:"关你什么事啊?你烦不烦啊?"

夏樊显然被吓到了,心虚地嗫嚅道:"我开玩笑的,别……"

"生气"两个字还未说出口,陆星辰已经跑开了,夏樊气喘吁吁地跟在后面叫她的名字,但陆星辰始终没停下来。

陆星辰一口气跑回两个人最初见面的地方。

"星辰!"夏樊终于追上她,一把抓住了女孩的手,"你等会儿,我去给你拿好吃的。"

陆星辰低着头,目不转睛地望着那只白白胖胖的小手,以及那个分外干净的袖口,忽然觉得非常刺眼。

夏樊的羽绒服是白色的,连小孩子经常会弄脏的袖口都没有半点儿污渍。陆星辰再看看自己的手,皮肤明显粗糙黝黑,因为经常干活,她红色的棉衣袖口还残留着昨天晚上被柴炭划过的痕迹。

这样干净的夏樊和狼狈的自己,就像两个黑白分明的世界,形成非常鲜明的对比,从心底油然而生的自卑让她更加讨厌眼前的这个男孩。她猛地抽回自己的手,既害怕被夏樊看到她不够干净的袖子,又害怕自己会把那种羡慕和嫉妒的情绪无限放大。

陆星辰正要转身跑掉,就听到一个温柔的女声:"夏樊,你去哪儿了?"

"妈妈,我迷路了,是她带我回来的。"是夏樊欢快的声音,以及他密集的脚步声。

听到"妈妈"这两个字,陆星辰忍不住回头看去,瞬间被惊艳到了。

那是她第一次见到比母亲白然还要漂亮的女人，精致的五官勾勒出一张温柔动人的脸庞，她看着女人弯下腰亲昵地搂了搂夏樊，是她熟悉的像白然一样温柔的动作，带着满满的宠溺。

夏樊贴着母亲的脸说："妈妈，我想拿点儿零食送给她可以吗？她好可怜，家里只有她和爸爸两个人。"

稚嫩无邪的声音，带着满满的怜悯与爱心。

可对陆星辰来说，这不叫善良，这些话和学校里的同学嘲笑她时的语言无异，都像细细的针直戳她的心脏，疼得她措手不及，使她勃然大怒："谁说我没有妈妈？我妈妈在城里的医院治病！你不知道就不要乱说！谁像你这种城里来的公子哥儿，做什么都要妈妈陪在身边！还什么都不会做！"

陆星辰不知道夏樊是不是真的什么都不会做，只是想以牙还牙，让他也像自己一样生气。

她也不清楚，"妈妈在城里治病"这个理由，是为了骗别人，还是为了骗自己！即使她每次面对别人的嘲笑，都娴熟地以类似的理由吼回去，可每一次，都会不由得红了眼圈，吼完就跑。

日复一日，在父亲的隐瞒中，有时候连她自己都相信了自己的谎言。

夏樊望着女孩跑进暮色里，她的背影单薄得像纸片，长长的马尾在脑后摇晃，仿佛下一秒，她就会被寒风吹走。而他的母亲也笔直地站在原地，看着陆星辰离开的方向，一副若有所思的样子。

直到夏樊委屈地扯着母亲的衣袖问："妈妈，星辰为什么会那么生气？谁说我什么都不会，我成绩可好了，我还学会了妈妈教我做的菜！"

男孩越说越委屈，恨不得立即证明给女孩看，他并非一无是处。

可他的母亲没有心思安慰他，像是想到了什么一样，答非所问："夏樊，你刚刚叫她什么？"

"星辰呀！'危楼高百尺，手可摘星辰'的'星辰'。"

"星辰？她该不会是白然的女儿吧？长得真像……"夏樊的母亲喃喃自语，清澈的眸间渐渐泛起了怜惜的眼波。

"妈妈，你认识星辰的妈妈吗？她的妈妈是真的生病了吗？"

"夏樊，如果这个星辰真的是我知道的那个星辰，她的妈妈可是个很善良的人呢，夏樊要向她的妈妈学习。"

"为什么要向她妈妈学习？"

"因为……"

那天之后,陆星辰再也没有见过清醒的父亲,她又回到了那种被无尽的黑暗包围着的日子,害怕回家,更害怕不回家连父亲的安危都不知道。

寒假的前一天,放学回家的陆星辰意外地见到夏樊的母亲守在她家门口,像是为了等她。

虽然陆星辰不喜欢和陌生人打交道,但夏樊的母亲看向她的目光,温柔至极,令她瞬间对眼前的人多了几分好感。

"你是星辰吧?我们见过的,我是夏樊的妈妈,你可以叫我汪阿姨。"汪如莞尔一笑,走近陆星辰,俯身帮她拨走贴在脸颊上的发丝,温柔地询问,"你爸爸在家吗?"

陆星辰不知道汪阿姨为什么要找爸爸,一想到爸爸可能又喝酒了,不愿意让别人看到家里的一片狼藉,她立即摇头:"爸爸不在家。"

"哦,这样……"汪如有些失望,试探性地询问,"那你妈妈呢?"

"妈妈……"这个问题令陆星辰慌了神,她很想说实话,又害怕遭到嘲笑,一时心慌意乱,絮絮叨叨地说着,"妈妈不见了……不是,妈妈在医院!嗯,妈妈在医院治病呢,对!是这样的……一定是这样的!"

"我没有骗你!真的!"陆星辰蓦然抬起头,睁着两只圆溜溜的眼睛望向汪如。

这一切似乎都在汪如的意料之中,她暗暗叹了口气,爱怜地抚摸着女孩的头顶,点点头说:"好,阿姨知道了!阿姨相信你。"

陆星辰终于松了一口气,也露出一个浅浅的笑容。

汪如离开后,陆星辰才打开家门,迎面飞来一个酒瓶子,幸好她躲得及时,酒瓶砸到门框上,碎了一地。

"都是我没用!都给我滚!"陆金张口就骂,摇摇晃晃地走向陆星辰,面目狰狞,"都怪我!是我没用,所以才留不住她!"

陆星辰惊魂未定,打算转身逃走时,看到陆金一个趔趄倒在地上,像是没了呼吸一样,一动不动,陆星辰不敢走,也不敢上前,就呆呆地站在原地。

"爸爸?"过了许久,陆星辰试探着喊了一声。

没有得到回应,她走近一步,又喊了一声,依旧没有得到回应。估计是睡过去了吧,不然就是……陆星辰不敢往下想,立马跑到陆金的身边,半跪在地板上将食指伸到他的鼻前,还好,只是睡着了。

陆星辰松了一口气，瘫坐在地板上拍拍胸口安抚自己。她看着满地的玻璃碎片和倒翻的酒瓶，立即起身把地板上的易拉罐捡起来堆积到屋里的角落，然后拿扫把扫玻璃碎片和地上的水渍。本来打算直接去做饭的，可是经过爸爸身旁的时候，她的心又软了下来，地板那么凉，如果他生病了怎么办？

在她小小的世界里，爸爸就是这样一个存在，她既怕他，又爱他，就像口渴的时候你不会拒绝一杯冷水，即使天气再冷水温再低，你也需要它。

陆星辰迟疑了一下，决定把爸爸挪到沙发上。可是，她没有想到在她费尽力气拖动爸爸的时候，爸爸醒了。陆星辰马上意识到事情不妙，直觉让她快速松开了手，试图要逃。

可她的右手已经被陆金死死地抓住，对方轻轻一甩，就把瘦小的她甩到了沙发的一端。沙发是木质的，扶手上没有放垫子，陆星辰的脑袋撞上沙发的扶手，磕得她生疼。

来不及叫出声，陆星辰就感觉喉咙已经被人掐得喘不过气来，睁开眼睛，她看到爸爸一脸狰狞地盯着她。

"爸爸……咳咳……"她的喉咙又疼又难受，说不出话，只能用尽力气去掰爸爸的手。

陆金仿佛没有听见她的话，一边掐着她的脖子一边恶狠狠地骂着："陆金，你去死吧！你那么没用，连她都留不住，活着干什么？"

活着干什么呢？

陆星辰想，如果你不在了，那我该怎么办？

她曾怀疑过妈妈的离开是因为爸爸做了什么不好的事，可妈妈未离开的时候，爸爸是位和蔼可亲的乡村老师，很受人尊敬，村里人都叫他"陆老师"，妈妈也常说，爸爸教书的样子最认真最有魅力了，所以妈妈怎么会嫌弃爸爸呢？

虽然不知道爸爸为什么会变成这样，可是爸爸，星辰需要你啊，哪怕你做了什么不好的事情，星辰也需要你啊！

陆星辰在男人越来越紧的力道中痛苦地挣扎着："爸爸……我是……我是星辰啊……"

陆金没有清醒，还在不停地控诉自己："都怪你那么没出息！都怪你！"

陆星辰求生心切，可当她看到父亲的眼泪落下来，忽然不想挣扎了。她红着眼眶，想：如果她死了之后变成天使，就能找到妈妈了吧？找到了妈妈，她和爸爸就不用那么痛苦了。

终于，她生无可恋地闭上了双眼，任由眼泪流淌，任由疼痛蔓延。

"星辰！"夏樊的尖叫声和盘子的碎裂声一齐传入陆星辰的耳朵。

很多年以后，陆星辰都忘不了曾经有个男孩像笨蛋一样奋不顾身地冲到她身边，又捶又咬地推开想置她于死地的男人，连脑袋不小心撞到茶几都忘了喊疼。

陆金猝不及防，被突然出现的夏樊推倒在一旁，醉醺醺的他还没爬起来，夏樊就拉着还在剧烈咳嗽的陆星辰逃走了。

跑出门口的时候，陆星辰把刚刚夏樊受到惊吓之后摔落的葱花蛋踩得面目全非，她匆匆回头瞥了一眼，还来不及去思考是怎么回事，已经被夏樊拉着跑远了。

"我跑不动了。"陆星辰终于在村子后面的山坡上甩开了夏樊的手，大口大口地喘气。

"你爸爸应该不会追来了吧？"夏樊气喘吁吁，席地而坐。

陆星辰有些惊讶，迟疑了一会儿才开口问："你不怕弄脏衣服？"

"我是男孩子，怕什么？女孩子才会担心衣服被弄脏。"

陆星辰突然觉得夏樊和她见过的那些城里人不一样。

可她讨厌他，讨厌他说她没有妈妈！

这么想着，陆星辰不由得后退了一步，她害怕靠近他，害怕被嘲笑，甚至因为他目睹了刚刚的那一幕，更害怕他对她的嘲讽会越来越深。

夏樊突然抬头，笑得灿烂，像是有阳光洒进了他的眼睛里："星辰，你也过来坐吧，我的围巾给你当垫子，这样就不会弄脏你的衣服了。"

眼前的男生就像明晃晃的太阳，干净而明亮，让人忍不住想要靠近。

很多年以后，陆星辰才明白，向阳而生本来就是地球上大部分生物的本能，谁都不会拒绝阳光与温暖，所以她对他的厌恶情绪里才会滋长出这样一种渴望。

"你……还在为上次的事情生气吗？"夏樊见陆星辰不为所动，再次开口，"你误会我了，我不是说你没有妈妈，我是说星辰的妈妈不在家，都怪我没有表达清楚，你别生气了好不好？"

原来，只是这样而已。

是自己太敏感了吗？

陆星辰面对夏樊的坦诚，忽然觉得自己太斤斤计较，但又放不下矜持向他道歉，只好故作满不在乎地走到夏樊的身边坐下，说："我早就忘记了！"

暮色四合的天空渐渐现出了星星的踪迹，夏樊躺在草地上枕着手臂望着天空，格外羡慕地说："这里每天晚上都能看到那么多星星，真好啊！"

　　陆星辰不以为然地问："你们城里没有星星吗？"

　　其实这个季节的星星不算多，到了夏天，只要天气晴朗，村子的夜空繁星漫天，特别好看。

　　"很少，几乎没看到过。"夏樊遗憾地回答。

　　"哦，夏天的星星会更多。"

　　"真的吗？"

　　"嗯。"

　　"那你的名字和星星有关系吗？"夏樊微微侧目，女孩的脸蛋因为刚刚跑太快而涨得绯红，她的眼睛落入星光，亮晶晶的。

　　陆星辰丝毫没有察觉到夏樊的注视，认真地望着夜空说："嗯，我爸爸和我说过，我出生的时候是晚上，村子的上空都是星星。"

　　"那你一定是夏天出生的！你生日是什么时候啊？我可以回来给你过生日，顺便看星星！"

　　"6月6号。"陆星辰无所谓地撇嘴。诚实地告诉夏樊日期，不是因为她想要他帮自己过生日，而是她笃定夏樊离开这个村子以后，他们再也不会见面。

　　她知道自己土生土长的这个地方偏僻又落后，不像大城市那般繁华，很多年轻人把老人和小孩儿接到城里住之后，基本上再也不会回来了。

　　夏樊温暖地笑起来，郑重地承诺道："我记住了，我到时候一定会回来陪你过生日的！"

　　陆星辰迎上男孩格外认真的目光，虽然她不相信所谓的"到时候"，但她还是礼貌地回应了对方一个感激的微笑。

　　那是夏樊第一次看见陆星辰笑，她的笑容很浅很浅，浅到他都怀疑自己是不是看错了。

　　天空一点儿一点儿地暗下来，两个人沉默了一会儿，夏樊盯着陆星辰微微发红的脖子，终于忍不住开口："星辰，你爸爸经常这样对你吗？"

　　陆星辰心里"咯噔"了一下，她要否认吗？可是他明明看到了她的爸爸要把她掐死。

　　"如果你不想说，那就不说。"夏樊见她不说话，担心她又生气，连忙补充一句。

因为和夏樊有了一起逃跑的经历，陆星辰对身边的这个男孩没有那么排斥了，她能感觉到他的小心翼翼和担心，就像她和爸爸两个人为了不让对方想起伤心往事，总是小心翼翼地避开关于白然的一切话题。

"我已经习惯了。"陆星辰酸楚道。

夏樊有些惊讶，陆星辰竟然不介意他的多管闲事。

"那你恨你爸爸吗？"夏樊继续问。

恨吗？她问过自己，到底恨不恨陆金。她知道爸爸是因为妈妈的离开才变成现在这个样子的，她也忽略不了自己身上大大小小的伤，疼得厉害的时候会忍不住想要大声哭出来。

可也正因为妈妈的离开，就算爸爸是这样的，她也无比珍惜。

可是，夏樊他会明白吗？

"我爸爸只是生病了，他很爱我。"陆星辰红了眼圈，她越说越小声，像是说给自己听的一样，"只是这个病好像永远都不会好了。"

因为白然，永远都不会回来了吧。

身体里的某个开关像是被打开了一样，陆星辰从来没有像现在这样难过，瘦小的身子开始不由自主地颤抖起来，害怕被人看到自己流泪，就转过身背对夏樊，一下一下地抽泣着，没有声音。

当时的夏樊没有听懂陆星辰的话，他像个小大人儿一样叹气，略伤感地说："我爸爸也说我姥姥的病永远都不会好了。"

陆星辰没有搭话，眼泪止不住地流。

"星辰？你哭了吗？"夏樊终于发现女孩有点儿不对劲，小心翼翼地碰了碰她，"你别难过，我们是朋友，以后我来保护你！"

那个傍晚，陆星辰哭着哭着就睡着了，而夏樊从来没有觉得自己的生活是那么幸福，有疼爱自己的爸爸妈妈，吃不完的零食，还有时下最流行的游戏机……如果可以，他很乐意把自己拥有的分一半给身旁的这个女孩，只希望她能多笑一笑。

3

陆星辰不是被冷醒的，完全是被一阵又一阵的呼救声叫醒的。

四周一片漆黑，寒风吹动山上的树木发出沙沙的声音，她的身子却是暖和的。低头的时候，陆星辰才发现身上多了一件厚厚的羽绒服，是夏樊的。她本能地转头，没有看见夏樊的身影,心一惊,刚刚那阵呼救声又响了起来。

"救命啊!"是从山上传来的,陆星辰确定这是夏樊的声音。

到底发生了什么事?他在哪儿?为什么会喊"救命"?

陆星辰不怕黑,但她害怕再一次经历身边人突然消失的痛苦,于是她开始慌了,抓着夏樊的羽绒服顺着声音传来的方向跑,夜路太黑,陆星辰好几次差点儿被缠在一起的杂草绊倒。她的声音被冷风吹散在山间:"夏樊!你在哪儿?夏樊……"

"救命啊……"

声音越来越近,陆星辰跑得越来越快,也越来越害怕。

他该不会遇到野兽了吧?可是她在村子住这么久,也没听谁说过山上有野兽,如果真的是野兽,她该怎么办?

陆星辰忽然停下了脚步,气喘吁吁的,每一次呼吸,就像一个世纪那般漫长,因为她在害怕。她只是个孩子,没有那么英勇,如果前方真的有野兽在等她,她真的做不到舍己为人。她不能就这样丢下爸爸,如果妈妈突然回来了找不到她怎么办?

大片的黑暗包裹着她的犹豫和恐惧,她能清晰地听到心里有个声音在对自己说"又不是特别亲的人,当然是爸爸妈妈更重要",可手里紧紧攥着夏樊的羽绒服,又像另一个嘲笑她无比自私、丑陋的声音,也是愈来愈清晰的声音……

她不能忘恩负义!

陆星辰咬了咬牙,硬着头皮继续往前跑。

"啊——"谁知道,没跑多远,她踩了个空,掉进了一个非常深的泥坑里。

陆星辰以为自己要死了,睁开眼睛的时候不知道是该哭还是该笑——她竟然在坑里遇到了夏樊,当了她的人肉垫背。

夏樊被陆星辰压着大半个身子,吃痛地控诉道:"我大老远就听到你要来救我了,我正高兴呢,你就直接砸我身上了,你是来救我的还是来害我的啊?"

"你怎么掉坑里了?"陆星辰闻言立刻爬了起来,因为有个人肉垫背,她摔得也不算疼,只是在这狭窄的空间,一不小心就撞到了背后的泥壁。

"那你怎么掉坑里了?"夏樊觉得委屈,艰难地站起来,感觉浑身的骨头都要碎掉了一样。

"还不是为了找你?担心你被野兽吃了!"陆星辰没好气地抱怨,随手拍了拍身上的泥尘。

"你是不是傻?如果真的有野兽,你就不应该来救我了!"

"为什么?"

"因为你来了肯定也会被吃掉啊!笨!"

是啊,所以她差一点儿就不来了。

陆星辰不敢看夏樊的眼睛,转过脸,若有所思,像是做了坏事一样,惧怕被人窥探到内心深处的恶劣与自私。

是那么显而易见的对比,在黑白分明的世界里,他们各站一边,只有她知道黑暗的世界有多阴暗。如果她没有来,是不是就会被生生融进阴暗的部分而得不到原谅?

"这坑是干吗的?怎么会那么深?爬都爬不上去!"夏樊忽然开口,抬头望了望坑口的天空,上面还挂着一颗星星。

陆星辰收回思绪,望了望四周,反问道:"你真的想知道?"

夏樊低头,能清晰地看见陆星辰脸上那种诡异的表情,天气本来就冷,不知道为什么,看到那样表情的陆星辰,他忽然觉得脊背一片发凉。

他盯着她的眼睛,有些不敢声张,特别小声地问:"这个坑是干吗用的?"

"你见过坟墓吗?这个坑应该是放棺材的,人死了就埋进来。"

"星辰,大晚上的别开这种玩笑!"

"我没有。"

夏樊不再说话,只觉得一阵毛骨悚然,畏畏缩缩地环顾整个泥坑,连身体上的疼痛都忘记了,听着头顶呼呼而过的风声,感觉心脏都要跳出来了。

陆星辰看着他胆小如鼠的样子有些可爱,差点儿没忍住笑出声,好在她反应迅速,连忙低头捡起夏樊的那件羽绒服,一把塞回他的手里,却没有想到引来夏樊的一阵鬼哭狼嚎。

"你干吗?吓死我了!"夏樊大惊失色,反复拍了拍胸口,"心脏都要跳出来了……"

"你叫什么?我把衣服还你而已!"陆星辰一本正经地说,迎上夏樊还未定神的双眼,还是没忍住,一下子笑开了。

"你笑什么啊?"夏樊惊魂未定。

陆星辰越笑越起劲,笑得肚子都疼了,只好蹲到地上:"你怎么那么胆小?"

"哪有!我刚刚只是在想事情!"夏樊极力否认,在一个女孩子面前竟然害怕成这个样子,实在太丢人了!

陆星辰笑得依旧停不下来,夏樊窘得涨红了脸,本来想继续辩解的,可是听到陆星辰说的话,他就没有打算再开口了。

她说:"我已经好久没有笑得这么开心了。"妈妈的离开,就好像带走了她所有的快乐,爸爸经常酗酒变得不再温柔,同学朋友经常嘲笑她是被妈妈抛弃的小孩儿,也不再友好。

夏樊心想,算了吧,你看她笑得多开心啊。

不知道过了多久,陆星辰才笑累了,她蹲在地上,背靠泥壁,睁着一双澄澈的眼睛看着天空,格外平静地说:"你说我们是不是要死在这里了?"

她曾经为自己想过很多种死法,也一度以为总有一天会倒在那个霉气和酒气交加的家里都没有人发现直至死去,可她从来没有想过,会和一个才见过几次的陌生人一起饿死或冻死在这个该死的泥坑里。

"我们才不会死!我那么久不回姥姥家,爸爸妈妈肯定会找我!"夏樊非常笃定的声音,像是藏着某股巨大的力量一般,瞬间缓解了两个人的焦虑。

"真好,如果我死了,我爸爸可能都不会知道。"陆星辰托着腮,满眼的羡慕,她很清楚,那是一个她暂时无法拥有的世界。

"星辰,你别怕,有我在呢!我们一定会出去的。"

陆星辰望了望夏樊,一想到他刚刚被吓得魂飞魄散的样子,就忍不住怀疑。

她对他没抱希望:"都怪你!没事干吗乱跑?"

"因为我看到萤火虫了,想抓,可是路太黑没看到这个坑,就……"

"你是猪吗?大冬天的哪来的萤火虫?"

"可我明明看见了!"

"你肯定看错了!"

"我就是看到了,一闪一闪的,很漂亮呢!"

"没准儿你看到了……"

"看到了什么?"夏樊望向欲言又止的陆星辰,已经感觉到了隐隐不安。

"看到……"陆星辰拉长了尾音。

看到了什么呢?明明自己不相信鬼神论,为什么还要吓他吓自己?大概是因为连自己也在这狭小的空间里产生了前所未有的恐惧吧,危险逼近的时候,总会有什么东西被一点儿一点儿地瓦解。

"没什么!"她索性转移话题,摸了摸肚子,说,"没吃晚饭,好饿……对了,你今天下午怎么会跑到我家?"

"我给你做了你最爱吃的葱花蛋。"说起这个,夏樊就不由得自豪起来,他不过是想证明自己真的不是一无是处,只可惜,一切并没有那么顺利。

他又叹了一声，在陆星辰身边蹲下："算了，不说了，反正你没吃到……"

陆星辰想起逃跑的时候，被自己踩得面目全非的葱花蛋，忽然有些内疚。

她是个聪明的孩子，为了缓和气氛半开玩笑道："你也只会做葱花蛋吧？"

夏樊听了立刻反驳："才不是，我会的比你多，信不信？我妈妈还教过我西红柿炒鸡蛋，还有红烧肉、土豆丝儿炒肉……"

"妈妈……"陆星辰轻轻地发音，白然也教过她很多东西，经常对她说的一句话便是："星辰，你长大了一定不能嫌贫爱富知道吗？"

陆星辰每次都会乖巧地点头，然后迎上白然温柔的亲吻。

想到这里，陆星辰就把头深深地埋在腿间，她有些沮丧地问："你爸爸妈妈什么时候来？我还没找到我妈妈，我不想死……"

"为什么要找妈妈？你不是说……"夏樊惊讶地望向陆星辰。

陆星辰浑然不觉夏樊的注视，只是闷着头说："前段时间，我妈妈突然不见了，说好等我期中考试考了满分就带我到城里的游乐园玩的，骗人……"

难过和失望混合着饿意一并袭来，陆星辰忍不住湿了眼眶。

男孩听到她的哭腔立刻掷地有声地承诺着："星辰，你别难过！等我们出去了，我陪你一起找妈妈，一定会找到的！如果你愿意，我也可以带你去游乐园玩，等我长大赚了很多很多钱，还可以把你接到城里住，到时候你可以天天去游乐园玩！"

稚嫩而明朗的声音，足以在她最无助的时候给她最美好的期待。

只是在巨大的恐惧面前，男生的力量不过是浩瀚宇宙中的一粒尘埃罢了，那么渺小，那么微不足道，值得她抱希望吗？

陆星辰又冷又饿，不由自主地挪了挪位置，将自己抱得更紧了。夏樊见状，立刻把怀里的羽绒服披到她的身上，他说："你还是穿上吧，至少我还穿着毛衣。"

陆星辰也不拒绝，为了取暖，她整个人都挨到了夏樊的身上，看着洞口的那颗星星，喃喃自语："和宇宙比起来，我们真的好渺小啊，就像一颗星星的光芒一样，那么微弱，连这小小的泥坑都爬不出去。"

夏樊闻言，立即反驳："不是这样的！虽然一颗星星的光芒很微弱，可当天空出现满天繁星的时候，即使不能驱散夜晚的黑暗，也依旧能让很多人注意到它们呀！就像我们靠着自己的力量爬不出泥坑，说不定让两个人的力量加起来就可以了啊！"

陆星辰听得一头雾水，只觉得夏樊懂得真多。

"我有办法了！"夏樊灵机一动，他背过身，面朝泥壁，蹲在地上说，"星辰，你快踩着我上去，我可以把你托起来，这样你就能爬上去了！"

陆星辰的眼里闪过一道光,又在一瞬间失落:"那你怎么办?"

"你是不是饿傻了?你出去了就可以叫人来救我啊!然后我们一起去找你的妈妈!"夏樊渐渐扬起唇角,胖乎乎的脸蛋浮现出一个温暖的笑容,清澈的眼睛被无限的希望填充着。

那是陆星辰第一次发现,夏樊有一双好看的眼睛,温暖如寒冬里最灿烂的太阳,瞳孔深处藏着一股坚强的力量,给人希望。当时她并不知道,就是这样的一双眼睛,让自己铭记了很久很久。

"可是……"陆星辰犹豫了,"还是我先托你上去吧,你那么胆小!"

"那你自己一个人留在这儿,不害怕吗?"夏樊反问。

陆星辰愣愣地望着眼前的人,她怕,她怕被抛弃,怕夏樊忘了叫人来救她。自从白然消失之后,她对谁都没有安全感,对谁都无法完全信任。

夏樊突然笑起来,自嘲道:"我那么重,你托不动我的!"

陆星辰望着眼前的少年,第一次深刻地意识到自己和夏樊之间的差距,不仅仅是长相和生活环境,还有内心。她不愿意承认,却又不得不承认,无论什么时候,她第一个想到的只会是自己。

夏樊见陆星辰不说话,伸出右手的食指,对陆星辰说:"就算你能托起我,我自己也爬不上去的,我的食指好像骨折了,好痛哦……"

"骨折?怎么会骨折?"陆星辰瞪大了双眼。

"嘿嘿,应该是摔下来的时候受的伤。"夏樊笑笑,佯装无所谓,"所以你要赶紧上去让大人来救我啊!笨蛋!"

陆星辰突然不说话了,只是安静地望着夏樊,她想不明白,难道夏樊真的不害怕她会一不小心就丢下他吗?

后来,陆星辰还是踩着夏樊的肩膀爬到了坑口,她不知道自己最后用力蹬腿的那一下有没有弄疼夏樊,隐约中,听见夏樊呻吟了一声,但她没有过问,喘着粗气跪在泥坑旁边,俯身朝泥坑里看,迫不及待地承诺道:"夏樊,你别怕,我一定会叫人来救你的。"

她看不清泥坑里的人的表情,只听见那个逞强却又格外信任她的声音:"谁说我怕的?我才不怕!我知道你一定会找人来救我的,你赶紧走吧!"

他明明就很怕,连声音都在颤抖。

陆星辰自嘲地勾了勾唇,转身就跑。

因为内疚，她极度害怕自己不能救出泥坑里的少年，所以她不断地在心里默念"快点儿跑，快点儿把夏樊救出来"，就好像是为了给那么自私的自己赎罪一样，疯了一样往村子里跑。

可是那天晚上，那么努力的陆星辰，终究还是把夏樊忘了。

没有任何预兆，村子里的人都堵在了她家门口，窸窸窣窣的议论声让陆星辰越发不安。

她艰难地挤进人群，不知是谁突然喊了一句："哎哟，星辰，你可回来了！"

随着这个声音的结束，大家的目光纷纷凝聚到她的身上，她从来没有被人盯得那么惶恐，默默地迎上周围的人同情的目光，没有说话。

不一会儿，村长从她家屋里走了出来，擦了擦通红的眼睛，又心疼又难过地对她说："孩子，你爸爸走了。"

走了？

是什么意思？难道和白然一样，突然离开了？还是……

陆星辰不敢往下想，可到底，心里的某一处位置，像瞬间被熄灭了灯一样，大片的黑暗与恐惧汹涌袭来——

"活着让孩子遭罪，死了也让孩子遭罪，真是造孽。"

"是啊，听说孩子经常被打，也怪可怜的。"

"死了一了百了，可怜了这孩子命不好！"

……

死了。

爸爸死了。

在那些七嘴八舌的声音里，她反反复复地听到了这样的信息。

即使眼泪已经在眼睛里打转，她也努力咬牙切齿地回头，瞪向那个发出小小议论声的位置。她不允许别人这么说她的爸爸，爸爸不是这样的人，他们都不懂！

在落泪之前，陆星辰飞速跑进了家里。

陆金一动不动地躺在床上，浑身湿漉漉的，衣服和头部还沾了不少泥土。陆星辰格外安静地跪在床边，做着像之前无数次伸手到他鼻前的动作，却没有感受到昔日那均匀而温热的鼻息。

陆星辰颤颤地缩回手，目光渐渐变得呆滞，她没有像白然消失之后那样号啕大哭，却比白然消失之后还要难过。如果妈妈真的不回来了，那她就再也没有任何亲人了。

那天晚上，村长告诉陆星辰，她爸爸是带着酒劲儿去买葱和鸡蛋的，爸爸醉醺醺地和卖鸡蛋的老板说了很多陆星辰到底有多爱吃他做的葱花蛋的趣事，然后在回来的路上，因为还未醒酒，不小心掉进了河里溺水而死。听了村长的话，陆星辰一直躲在自己的房间不肯出来，嘴里一直重复着"我爸爸没有死"这句话，村长和其他村民去安抚她，她也只是木讷地看着大家，重复着同样的话。

直到第二天早上，村长才发现陆星辰发高烧了，加上她本身营养不良导致了低血糖，一直处于昏迷状态。村长心疼这个孩子，一手操办了陆金的葬礼，就算按照村子的习俗需要陆星辰守夜、送葬，村长也没有让陆星辰参加。

4

直到葬礼结束的那天，村长本想着回来看看陆星辰醒了没有，却意外地发现她在炉灶旁边搞卫生，心情好像还不错。

"星辰在打扫呢？"村长虽然觉得奇怪，但心想孩子终于能面对父亲的死，也挺好的。

"嗯。"陆星辰抬头见是村长，微微一笑，"村长，你来找我爸爸吗？我爸爸出去买鸡蛋了，还没回来呢！"

村长闻言一怔，许久都说不出话。他不知道眼前的孩子怎么了，愣了许久才缓缓走过去，对陆星辰上上下下打量了一番，也没有发现这孩子撞到哪儿伤到哪儿了。

村长以为自己上了年纪听错了，问："你刚刚说什么来着？村长的耳朵有点儿不好使。"

陆星辰笑了笑，表示能理解，故意提高了分贝："我说，我爸爸出去买鸡蛋了，不在家！"

村长一愣，心疼道："丫头，我知道你很难过，但你爸爸已经……"

"村长，你说我是不是不应该经常让爸爸给我做葱花蛋吃？"陆星辰忽然慌乱地打断了村长的话，眼神躲躲闪闪。

村长若有所思地看着眼前的小女孩，他活到这把年纪，不是没有见过接受不了至亲已逝的人，一种是长期活在痛苦中一蹶不振，另一种则是像陆星辰这样，装作什么都没有发生过——往往自欺欺人，害怕别人说出事实，也害怕面对现实。

他的儿子常年在大城市做心理医生，他自然听过不少这样的案例，便怀疑陆星辰是不是得了一种叫作心因性的选择性失忆症的病，这种病一般表现为患者会刻意去逃避接

受不了的事情，而长期的选择性遗忘或逃避会对人的心理造成一定的障碍与伤害。

村长当然不希望这么小的孩子就开始有心结，他必须让她学会去接受父亲已经去世的这个事实："星辰啊……"

哪知才开口，陆星辰立马不容质疑地再次强调："村长，我爸爸真的去买鸡蛋了！"

她害怕被人用怀疑的目光看她，仿佛逼着她去面对她不愿意接受的事情，她开始慌了，悬在空中的双手突然不知往何处放，只好往身上的衣服上擦了擦。

这一擦，陆星辰才注意到自己身上还穿着夏樊的那件羽绒服，她忽然想起了什么，正好抓住了转移话题的机会，忙说："糟了！夏樊还在山上！我要去救他！"

陆星辰被突然涌来的记忆弄得手忙脚乱，心想着自己睡了那么久，夏樊该不会出事了吧？于是，她焦虑地转身看向村长，乞求道："村长，你能不能带人帮我把夏樊救出来？"

"谁？"村长一脸疑惑，不明白陆星辰在说什么。

"夏樊！从城里来探亲的男孩子，掉到泥坑里了！"

"那孩子啊……听说前几天被家人救出来了。"

"前几天……前几天……"陆星辰呢喃，她到底睡了多久？又因为什么忘记了去救夏樊？

记忆开始错乱，陆星辰越想越头痛，当那些零零散散的痛苦的画面一一浮现出来的时候，她越来越讨厌去回忆。对她来说，今天以前发生的事情如同洪水猛兽，能轻易地将她吞噬。

她的心里一直有个小小的声音在告诉自己，那些回忆，都不是什么好事，忘了就好。

陆星辰赶紧用冷水洗了一把脸，二话不说就朝夏樊的姥姥家跑去。让她意外的是，屋子的门窗都是紧闭的，在她反复拍打那堵斑驳的木门都没有得到任何回应的时候，住在隔壁的大婶终于不耐烦地出来说话了："别敲了，那屋子没人了！"

"没人了？"陆星辰很意外。

"是啊！"大婶的怀里抱着一个小孩儿，她打量了一下陆星辰，说，"你不是陆老师的女儿吗？"

陆星辰答非所问："他们都去哪儿了？"

"当然是回城里了！老人生病了，年轻人回来把她接到城里治疗。"女人叹了一声，继续说，"也不知道怎么走得那么着急，听老人说要过几天再到城里的，结果那天半夜就急匆匆地开车走了。"

"那阿姨，你有没有看到一个小胖子？比我高一点点的一个男孩子！"陆星辰一边说一边比画。

女人颠了颠怀里的小孩儿，摇头说："没注意看，那孩子是同父母一起来的，肯定会一起走吧。"

"哦，谢谢。"陆星辰突然很难受，她知道夏樊被救了，可夏樊再也没有来找过她，是不是因为她不信守承诺，所以就算他离开这个村子也没有去跟她道别？

这么想着，她的心里一阵空落落的，好像一下子失去了很多东西。

如果说人生是一场又一场的意外，那么苏话的出现，对陆星辰来说是意外之后的又一个意外。

傍晚的时候，陆星辰回到家里，出门前没有开灯的屋子此时被暖黄色的光照亮，屋里一切照常，只是多了一个陌生女人——她剪着干净利落的短发，涂着妖艳的红唇，身上那件鹅黄色的皮草大衣把她的肤色衬得格外白皙，让陆星辰好奇的是她脚上那双漂亮的靴子——是妈妈最爱穿的款式，圆头平底靴，黑色磨砂牛皮上修饰了一圈毛茸茸的兔毛，看起来非常暖和。

陆星辰记得，白然也有一双这样的靴子，她忘不了白然第一次穿这双靴子的时候，她总喜欢蹲在白然的脚边去摸那层毛茸茸的毛，只是不知道为什么白然穿过一次之后就再也没有穿过。

两个人对视了几秒钟，女人才抿嘴一笑，眉眼中带着几分妩媚："你就是陆星辰吧？我不是坏人，你不要用这种审视的目光来看我。"

被人戳破心中的疑虑，陆星辰没有给对方好脸色："你是谁？"

"我叫苏话，你妈妈的好朋友。"苏话落落大方地自我介绍，"我呢，和你妈妈一样的年纪，但你不能叫我'阿姨'。"

"为什么？"陆星辰一脸疑惑。

苏话双手环胸，歪着头笑道："当然是因为叫'阿姨'显得我太老了啊！你可以叫我'姐姐'，或者直接叫我的名字。"

陆星辰差点儿没忍住自己鄙视的目光，虽然眼前的这个女人看起来很年轻，但让她叫和妈妈一样年纪的女人为"姐姐"，她实在开不了口。

然而，这些都不重要，重要的是眼前的人说自己是白然的好朋友。陆星辰半信半疑地看着妆容精致的苏话，问："你……真是我妈妈的好朋友？"

"对!"苏话莞尔一笑。

"我为什么要相信你?"陆星辰依然保持着怀疑的态度。

"看到没有?"这时,苏话对陆星辰伸了伸脚,指着脚上那双好看的靴子说,"这是你妈妈送我的,当初我就说了一句'这靴子好漂亮',她就脱下来送给我了。"

原来如此。

陆星辰终于明白,白然为什么穿了一次就不穿了。

陆星辰收起了冷漠,满心欢喜地问:"那你一定知道我妈妈去哪儿了,对不对?"

苏话闻言顿了一下,微微皱眉:"你不知道?"

"不知道。"陆星辰摇头,满目期待,"所以请你一定要告诉我,妈妈她去哪儿了……"

苏话深吸了一口气,觉得事情有些棘手,陆金才刚去世,如果直接告诉这个孩子真相,会不会太残忍了?

她不知如何是好,沉默了许久才轻叹道:"其实……我也不知道。"隐瞒,已经是她能想到的,对陆星辰最好的方式了。

"我就知道你是骗子,根本不是我妈妈的好朋友!"陆星辰又失望又生气,直接绕过苏话走进了厨房。厨房里有些剩饭剩菜,陆星辰也懒得热了,直接就着吃了起来。

"我真不是骗子!我真的……"苏话一路跟进了厨房,本想着耐心解释,却在下一秒惊叫起来,"我的天哪,你就吃这些啊?都凉了啊!怎么过得比我还苦呢?"

因为是冬天,盛菜的碗里的油都凝固了,乳白色的固态油混合着青菜,身边的孩子却不管不顾地吃了起来,令她忍不住一阵心疼:"你别吃了,你这样会闹肚子的!我带你出去吃吧!"

陆星辰没理会苏话,她想,她应该趁着爸爸不在家,去爸爸的房间找找关于母亲白然的东西,或许会有什么线索。

"你在找什么?"苏话跟着陆星辰来到另一个房间,她倚在门框上,不解地看着翻箱倒柜的陆星辰,"也许我可以帮你。"

陆星辰低着头,不吱声。

苏话失去耐心,提高音量:"快告诉我,我帮你找!"

陆星辰不耐烦地抬头,对待不知母亲下落的苏话没有半点儿客气:"关你什么事?"

苏话没生气,反而笑了。那一刻,她只觉得,这小丫头长大以后肯定也像白然一样是个倔强的姑娘。

"时间差不多了,出租车也该来了,收拾收拾跟我走吧。"苏话低头看了一眼手表。

听到这话,陆星辰立即停下手中的动作,她再一次望向苏话:"什么?"

"没听懂?就是跟我离开这里,跟我去凰城生活。"苏话走进房间,环顾四周,整个房间很简陋,只有一个衣柜和一张床,床头旁边是一张由两个抽屉和一个小柜子组成的书桌。

苏话继续说:"感觉你也没什么好带走的,那就收拾几套衣服吧。"

陆星辰皱紧眉心,这里是她的家,她为什么要离开?

苏话见陆星辰愣着不动,耐心地问:"你走不走?"

"我为什么要走?"陆星辰反问,语气冷淡。

苏话嗤笑了一声:"不走留在这里饿死?谁来养活你?靠那些善良的村民?像置办你爸爸的葬礼一样,那个出一点儿钱,这个献一份力?别傻了!谁会接济你一辈子?"

"你胡说!"陆星辰像受了极大的刺激,忽地站起来大声吼道,"我爸爸只是去买鸡蛋了!他只是去买鸡蛋了!"

她不明白,为什么大家都来告诉她爸爸已经去世了,她真讨厌这些自以为是的大人!

苏话被陆星辰的反应吓了一跳,这个孩子怎么突然会变成这样?

她在大脑中努力搜索那些关于陆星辰的信息,突然想起了汪如。

汪如是一名医生,苏话是通过白然才认识汪如的,虽然两个人交情不算深,但汪如有一个与陆星辰年龄相仿的儿子,所以在陆金请求苏话照顾陆星辰的时候,苏话只好请教同在凰城生活的汪如如何与这般大的孩子相处。在那一次见面之后,苏话与汪如便没再联系,直到前不久,汪如在深夜给苏话打了这样一通电话——

"苏话,你过几天是不是要把白然的女儿接去凰城?"

"是啊,我和你说过的,陆金他的情况……不太适合和孩子一起生活。"

"是这样的,我和我丈夫到乡下接我母亲时,发现陆金也生活在这个村子。我见到了白然的女儿,可是……这孩子好像有点儿问题。我想确认一下,星辰是不是因为某件事情受了什么刺激?"

"什么意思?"

"我怀疑她得了心因性选择性失忆症,简单来说就是逃避现实,自欺欺人的一种表现。"

"啊?这……严重吗?可是这个病,我也没听陆金提起过,会不会弄错了?"

"我在村子里打听过了,那孩子确实是陆金和白然的女儿。至于星辰的病严不严重,因人而异吧,而且现在我也只是怀疑。所以想提醒你一下,如果你以后都要照顾星辰这个孩子,得注意一下她的心理问题,最好带她去看看心理医生。"

"好,我知道了,谢谢你啊!"

在那通电话里,苏话捕捉到了最重要的信息——心因性选择性失忆症。

她又想起刚来到这里时,村长和她谈的那番话——村长一直在强调陆星辰的状况不太好,需要大人多加留意这个孩子的心理问题。

苏话看着愤怒的陆星辰,其实她是能理解陆星辰的,因为连她也很难接受陆金会突然去世,明明前阵子陆金才联系她,让她赶紧把陆星辰带走,免得陆星辰继续受酒后的他的折磨,哪知等她来到村子人就没了。

苏话很苦恼,如果她配合着陆星辰说陆金没有死,那陆星辰一定会留下来和爸爸生活,怎么可能愿意跟她走?思前想后,她实在没办法了,只能撒谎:"你误会我了,我刚刚的意思是说你再不跟我走,你爸爸就会不安心,你爸爸不安心的话就会影响了在医院治病的效果!"

陆星辰心一惊,放低了声音:"我爸爸在医院?"

苏话立即点头:"对呀!你知道你爸爸为什么那么久还没回家吗?因为他生病了,被送到凰城的医院治病了!"

陆星辰抬头看了看窗外漆黑一片的天空,已经是晚上了,爸爸的确出去很久了。她半信半疑地望向苏话:"你说的都是真的?"

"当然啊!不然我为什么会出现在这里?是你爸爸特地让我来接你去凰城的,因为你爸爸要在医院疗养很长一段时间,所以干脆让我带你到凰城生活!"苏话认真地发挥着她胡编乱造的能力,眼看计谋要得逞了,赶紧说,"你收拾收拾跟我走吧!"

好一会儿,陆星辰才轻轻地发音:"我不走。"她重新蹲到了地上,继续翻箱倒柜。

苏话难以置信:"为什么?"

"我走了,妈妈回来看不见我和爸爸怎么办?"她要在这里等妈妈,妈妈一定会回来找她和爸爸的。

苏话简直要崩溃,一时口无遮拦:"你妈妈不会回来的!她永远不会回来了!"

当她迎上陆星辰那双既震惊又难过的眼睛时,她才意识到自己对一个小孩子说出了多么残忍的话，实在懊悔，更加不忍心说出白然离开的原因。

"你怎么知道她不会回来？"陆星辰哽咽了一下，眼睛死死地瞪着眼前的女人，她真讨厌被人一口吞没她心中那渺茫的希望的感觉。

"我……我不知道。"苏话的眼神开始躲闪，无力面对一个小孩儿如此直接的质问，她努力扬起嘴角，"其实我在凰城见过你妈妈，她……应该在凰城。"

陆星辰忽然大声否认："你撒谎！你想骗我离开！我才不会走！"

"真不走？"苏话无奈地抚了抚胸口，努力平复情绪，她已经不知道该怎么办了，这孩子太固执了！她觉得自己快疯了！

"嗯。"陆星辰低下头，这才发现箱底深处藏着一沓信件，是从凰城寄来的。

她飞快地打开信封，竟然是母亲和父亲的往来信件，虽然落款日期是十年前，但落款人确实是白然。

妈妈真的在凰城吗？

"给你十秒钟考虑，十、九、八……一！"苏话非常没耐心地数完了十个数字，得不到她想要的答案更是生气，"好，有志气！你就留在这里等饿死了才被那些村民发现吧！你爸爸也真是可怜，躺在医院连自己的女儿都不去看他！"

话末，苏话转身离开，皮草大衣带起一阵微凉的风，有股香香的气味，像妈妈的味道。

陆星辰猛地抬头，眼泪在一瞬间滑落，也不知道是为了什么，她立刻跌跌撞撞地追了出去，朝着苏话的背影大声喊道："我跟你走！阿姨，我跟你走！"

那一刻，她仿佛抓到了一根救命稻草——终于有人愿意陪她一起相信爸爸没有去世。她也不想像苏话说的那样死了才被人发现，她只要活着，像棵野草一样活着，这样才有机会找到妈妈。

此时门口已经多了一辆出租车，车灯照亮了前方的路。

苏话背对着陆星辰，她满意地勾了勾唇，转身后故做不满状："叫什么'阿姨'，叫'姐姐'。"

陆星辰的眼里噙着泪光，可怜兮兮的，虽说从此要寄人篱下，得放下姿态，可她怎么都叫不出口。

"算了算了！赶紧收拾吧！"苏话也不为难陆星辰，推搡着她回屋子收拾行李。

那天晚上，陆星辰收拾好自己的衣服，就跟着苏话上了出租车。其实她也说不上是不是百分之百相信身边的这个女人，她只知道，再也没有比死还要可怕的事情了，想起

和夏樊一起被困在泥坑里的那种恐惧，想起父亲躺在床上一动不动的惨状，她就害怕，好像只要离开这个村子，换个新环境，生活才会好一些，才会找到消失已久的妈妈，也才会慢慢忘记那些令她痛苦又无措的记忆。

陆星辰想过离开村子去找白然，但是她没有那个能力，现在她有了机会，可当她望着车窗外的一片漆黑，感受着车子颠簸着驶出村子开向远方的时候，竟然没有想象中那样开心，反而有些惶恐和不安，突然要离开生活了那么多年的地方，她有些不舍，甚至有些后悔。

苏话望着陆星辰的侧脸，轻叹了一声："你这孩子命挺苦的，可惜跟着我也不会有好日子过。"

陆星辰闻声回头，漠然地看着苏话。

"不过你放心，我肯定不会让你受委屈的。"苏话迎上陆星辰的目光，自顾自地笑起来，"你这双眼睛，和你妈妈的简直一模一样。"

陆星辰一直想着苏话说的那一句"其实我在凰城见过你妈妈"，她问："我们是要去凰城吗？"

"对，凰城。"苏话侧靠在车窗旁，想起自己说的谎，不禁试探道，"因为你爸爸生病了，不能照顾你，所以你可能要跟着我在凰城生活很长的一段时间，能接受吗？"

出乎意料地，陆星辰没有提出任何异议，而是轻轻应了一声："好。"

苏话很清楚，陆星辰不过是在逃避，只要有一个人愿意告诉她爸爸还活着，她就愿意去相信。只是到了凰城以后，万一陆星辰吵着要见爸爸怎么办？

苏话有些头痛，索性不去想，她歪着头问陆星辰："你去过凰城吗？"

陆星辰坦诚地摇头，苏话接着说："那是个大城市，穷人多，有钱人也多，比你住的那小村子复杂多了。"

陆星辰"哦"了一声，在心里默默地念了念"大城市"。

她忽然想起夏樊，不知道他现在是否安好，也不知道他会不会记恨她……如果有可能，他会不会也在凰城？

5

经过三个多小时的车程，陆星辰和苏话终于抵达凰城。

虽然已是深夜，但城市里闪烁的霓虹灯让陆星辰感到无比新鲜，一点儿倦意也没有。她站在陌生的土地上，张开双臂感受着迎面扑来的陌生气息，不知道为什么，她竟然感到踏实。

这时候,苏话拿过陆星辰肩上的那个被衣服塞得鼓起来的帆布包,看了看若有所思的陆星辰才说:"凰城漂亮吧?"

"嗯。"陆星辰心想,应该是因为凰城绚丽多彩的夜景,让她觉得踏实和舒服吧。

谁会不喜欢漂亮的东西呢?

"不过我要给你打预防针,我很穷的,我们住的地方可没这些高楼大厦那么华丽。"苏话俯身捏了一下陆星辰的脸,轻声叹气。

一阵寒风迎面袭来,灌入陆星辰的脖子,她忍不住哆嗦了一下,莫名地觉得亲切。其实对凰城也不是完全陌生,至少,和家乡一样冷。

如苏话所说,她住的房子并没有最初看到的那些高楼大厦那么漂亮,但再怎么不济,也比陆星辰乡下的家好。只是,普通的两室一厅被苏话弄得有些乱。

陆星辰站在门口,默默地打量着整个房间——正前方的沙发上是横七竖八的衣服,沙发的左后方是一张长方形的小餐桌,上面还放着未整理的几个泡面盒,如果不是因为冬天气温低,或许早就发臭了。再低头,地板上还有很多陆星辰掌心那么大的透明包装袋。

苏话突然紧张地按住了陆星辰的肩膀,说:"别踩脏了地板上的小袋子,那可是赚钱的玩意儿!"

说完,苏话踮着脚尖避开那些透明的塑料袋走了进去,随手将陆星辰的那包衣服扔在了沙发上。

陆星辰皱了皱眉,很怀疑眼前的这个女人是不是妈妈的朋友,白然明明是一个很爱整洁的人。偏偏,她在这时候瞥见了挂在电视机旁边的那一张合影,照片上的其中一个女人,是陆星辰再也熟悉不过的妈妈。也仅仅是那一瞬间,陆星辰不再怀疑苏话的身份,坚信跟着苏话一定能找到白然。

好像本来昏暗的世界,终于出现了一点儿黎明的光。是希望,也是让她继续认真活着的理由。

苏话转身,看到陆星辰依然站在原地,有些好笑地问:"戳在那儿干吗呢?没有不让你进来啊!"

陆星辰立即收起思绪,模仿着苏话的样子,小心翼翼地避开那些所谓的"赚钱的玩意儿"走到苏话身边,苏话这才满意地摸了摸她的脑袋:"小姑娘,学习能力不错嘛!"

　　白然曾经无数次这样温柔地摸着她的脑袋瓜夸她乖巧懂事，可面对苏话同样的亲昵举动，陆星辰很不适应，本能地往后缩了一下，不料遭到苏话的控诉："啧，你很嫌弃我？我们都要同住在一个屋檐下了，友好点儿行不行？"

　　是的，很嫌弃。

　　无论是苏话过分亲昵的举动，还是这个房子里乱七八糟的一切，都让陆星辰无法理解。只是从此要寄人篱下，让她不得不收起那些不满，便轻轻"哦"了一声。

　　苏话突然想起了什么，问："你上小学几年级啦？"

　　陆星辰如实回答："五年级。"

　　"哦……转学手续什么的有点儿难办，正好现在放寒假，等我找到人把你弄进新学校再说，应该不会耽误你上学的！"苏话把这番话说得漫不经心，却让陆星辰很意外，甚至可以说是一个惊喜。

　　她从来没有想过，跟着一个陌生人来到一个陌生的城市，还能继续念书，她也不明白苏话为什么要对她那么好，仅仅因为她是白然的女儿吗？

　　陆星辰抑住满心的欢喜："可是……你不是说你很穷吗？"

　　"那是你妈妈……"话一出口，苏话立即后悔了。她本不是一个心细的人，更不会撒谎，如今以后每天都要面对这样一个孩子，她真担心自己哪天会崩溃。

　　果然，陆星辰是个聪明的孩子，只要抓住一点点线索，她就能冒出一大堆问题："是我妈妈留给我的钱对不对？她是不是早就打算好了要离开？所以你一定知道她去哪里了对不对？"

　　苏话追悔莫及。她有些头痛地望着满脸疑惑的陆星辰，用力挤出一个无奈的笑容，道："我的小祖宗，你能不能别那么多问题？你妈妈去哪儿了我真不知道，我和你一样，也很想找到她，然后把你还给她。你妈妈给你留了读书的钱，可没给你留伙食费，我才不愿意半路多了个孩子要养呢！万一你妈妈不回来，我就得对你负责一辈子！我还没结婚呢，带着你叫我怎么嫁人？"

　　"再说了，这些钱不是你妈妈一个人的，是你爸爸妈妈一起挣的。"苏话又故意补了一句。

　　陆星辰看着苏话的表情从无奈到嫌弃，心底漫出了无限的失望，她不愿意看到如此嫌弃她是个累赘的苏话，因为正是如此真实的苏话，才恰好说明了苏话从头到尾都没有说谎，她对白然的下落一无所知。

　　"对不起。"陆星辰低下头，死死地咬着下唇，强忍着在眼眶里翻腾的泪水。她想，如果爸爸妈妈还在身边，她依旧是他们的宝贝女儿，不会变成谁的累赘。

"你还会说'对不起'呀?我以为你倔着呢!"苏话本来挺委屈的,如今反倒没了脾气。

从见面到现在,两个人的相处时间很短,但苏话看明白了,陆星辰是个自尊心很强的孩子,不然现在她也不会因为想哭而不愿哭出来,只是死死地握紧拳头,甚至连她自己都没有发现她已经因为隐忍泪水而微微颤抖。

苏话不打算揭穿她,转身走向茶几,从茶几底下拖出一大盘亮晶晶的珠子和橡皮筋。她一边摩擦盘子里的珠子,一边说:"我才不会让你白吃白住呢!你和我一起生活,是要工作的!不然,我真的养不起你,快过来!"

果然,这招很有效,陆星辰抬起头,虽然眼睛红红的,但还是好奇地走了过去。

满盘的小珠子被白炽灯光照耀着,折射出五彩的光斑,旁边还有一包黑色的橡皮筋,她见过这样的橡皮筋,是女孩子扎头发用的头绳,不一样的是眼前的橡皮筋上有一个很小的花形托盘,虽然别致,但总觉得缺了点儿什么。

苏话随手拿起一根头绳,轻轻捏住了头绳上的花形托盘,在陆星辰面前晃了晃,说:"看到这儿了吗?认真看啊!"

陆星辰盯着小小的花形托盘有些入神,苏话见她点了头,便用另一只手拾起一颗小珠子,然后对准那个花型托盘放上去,耐心地说道:"我们的工作就是把这些小珠子装饰到头绳的这个位置,放之前你得在头绳上的这个地方倒入一点儿胶水,然后固定好……"

说着,苏话从茶几底下掏出一小瓶胶水,把自己刚刚说的话在陆星辰面前演示了一遍,没几秒钟就举着已经装饰上小珠子的头绳对陆星辰说:"喏,就是这样,很简单的。粘好珠子之后用手按一下,增强它的牢固性,确定小珠子不会掉下来了,再把头绳装入地板上的这些塑料袋子里。"

陆星辰恍然大悟,难怪刚进门的时候苏话那么宝贝地板上的小塑料袋。可既然是有用的东西,为什么会弄得到处都是?

陆星辰忍不住多瞥了一眼沙发上乱糟糟的衣服,突然觉得苏话这个女人很"特别",和她见过的那些阿姨都不一样。

"对了,一个塑料袋装两根头绳。"苏话没意识到陆星辰嫌弃的目光,继续说,"以后我们就得靠这些东西生活了,做得越多赚的钱越多。当然不止这一个款式,但做法大同小异。现在的小女生可喜欢这些玩意儿了,我每次提到街上卖,都有一群小女孩围过来凑热闹,基本都会售空。喏,这个送给你。"

苏话做好的头绳,虽然别致,但陆星辰更喜欢母亲给她买的没有任何装饰物的头绳,她坦白道:"我不喜欢。"

苏话没料到陆星辰会瞧不上她的东西,故作生气:"不管你喜不喜欢,该做的事情还是要做的!你现在不用上学,就在家里做手工,以后上学了做完作业再帮忙。"

家务活对陆星辰来说都是小事情,只要能找到母亲,让她做什么都愿意。

"哦,但是……"她小心翼翼地对苏话说,"我有个要求。"

"你居然还跟我提要求?陆星辰,我真是小看你了!"苏话嗤笑一声,她不可思议地看向陆星辰,"白天我要出去摆地摊挣钱,晚上回来还得给你做饭做各种家务,然后继续做手工,我要是有三头六臂什么都能答应你!可是陆星辰,你要搞清楚,我几乎和你一样,什么都没有!"

"我几乎和你一样,什么都没有。"

其实苏话的生活并不宽裕,因为她的学历不高,也没有一技之长,在凰城这种大城市根本找不到一份稳定又体面的工作,更别提一个宽敞明亮且属于她自己的房间。她只能靠着做手工和摆地摊贩卖手工饰品的小本生意为生,收入微薄且不固定,有一顿没一顿大概是常有的事儿,还时不时地被房东催缴房租,生活可以说得上是很辛苦了。

苏话说的最后一句话,就像一把匕首扎进陆星辰的心里,她不想同情苏话,因为那等于在同情自己。

陆星辰害怕苏话还没答应她的要求就把她赶走,忙说:"只要你答应我,我什么都可以做!我可以在家做手工,可以把家里打扫得干干净净,也可以做好晚饭等你回家吃,只要你答应把那张照片给我,我什么都可以答应你!"

说罢,陆星辰指向挂在电视机旁的那张苏话与白然的合影,用乞求的目光紧紧地望着苏话。

那时候,陆星辰还不明白"渴望"是怎样的一种存在,直到后来她遇到了更多想要守护的东西,她才明白渴望能够教会一个自尊心很强的人卑躬屈膝,即使能如愿的概率不过是一颗星星的光芒那么微弱,也不愿意放弃那一点点的机会。

苏话顺着陆星辰的手指方向望去,忽然有些心酸,她不该处心积虑地欺骗一个孩子,也不该对一个孩子小肚鸡肠。

最后,苏话哭笑不得地拍了拍陆星辰的手臂:"傻孩子,你早说啊!"

之后的日子,苏话把原本堆放杂物的小房间腾出来给陆星辰当卧室,陆星辰每天都会在家里做手工,偶尔也跟着苏话到市场上摆地摊。其实苏话不爱带陆星辰出门,因为陆星辰不爱笑，苏话说顾客看见她板着一张脸很影响生意，但陆星辰不听，为了能和母亲不期而遇，她宁愿在寒冷的大街上做手工，也不愿意躲在暖和的家里。

值得庆幸的是，苏话一直担心的事情没有发生，陆星辰没有吵着要去医院见父亲，似乎也不愿意拆穿这个谎言，偶尔会把炖好的汤交给苏话，以各种借口来说明自己没时间去医院看父亲，只好让苏话代劳。苏话的性子虽然直，但面对这样的陆星辰，她总是于心不忍，一次次地配合着对方演戏。

后来苏话也习惯了，甚至觉得只要能看着陆星辰平平安安地长大，这样也没有什么不好，而陆星辰，也慢慢学会直呼苏话的名字。等到来年春天，苏话已经帮陆星辰办好转学手续，一个学期都没有耽误，她本以为陆星辰转学后会跟不上同学的脚步，没想到这孩子聪明又努力，年年考第一，并考上了市重点高中。

第二章

来自黑夜的孩子

Qingtian You Yu, Yusheng You Ni

1

陆星辰清楚地记得中考结束的那个夏天,太阳很热情,每次跟苏话出门摆地摊,都感觉要被晒脱一层皮。在以往的盛夏,苏话总会烦躁地指着头顶上的烈日抱怨不停,只要生意不好就好像全世界都欠了她几百万一样,但那一年的夏天,苏话每天都像是中了彩票一样高兴,只要没有顾客,就忍不住狂夸陆星辰一番。

"你竟然打破了那所学校的纪录,成为唯一一个考上一中的学生,不愧是我养出来的姑娘。"苏话每次说这话的时候都笑得合不拢嘴。

陆星辰当初本可以念一所很好的初中学校,但那所学校离家太远,为了帮苏话分担家务,她不愿意当寄宿生,便选择了一所离家最近但口碑很差的学校就读,在她未中考之前,苏话不止一次担心学校的环境会影响到她学习。

高一开学的那一天,陆星辰没有想象中那么期待新学校,因为在她出发前,苏话和以往一样往她的书包塞了一大堆饰品,头绳、发卡、项链、手镯等一样都不少。

苏话说:"我听说在一中读书的学生条件都不差,大部分是从私立学校直升上去的。"

"你要知道私立学校的那些孩子不仅学习好,家里还很有钱,所以这一次我们肯定能赚不少。"

……

"喂!陆星辰,你有没有听我说话?"

陆星辰眯着眼打着哈欠,有些不耐烦地抢过书包,把饰品全都拿出来:"那你应该有听说一中的管理制度很严,不像我之前读的普通学校,万一被学校知道了怎么办?"

"你从小学到现在,有被学校发现过吗?"苏话不以为然。

以前的学校,怎么能和一中比?陆星辰到现在都记得很清楚,她毕业的那所初中,就算上课有一大半的人睡觉,老师都不会管。

见陆星辰不说话,苏话继续说:"难道你不想多挣点儿钱,生活得好一点儿吗?"

"我知道让你把东西拿到学校卖,会让你掉面子,可是现在物价飞涨,生活太艰苦了!你看我多久都没有买新衣服了!"苏话低头扯了扯自己身上的睡衣,洗得都掉色了,上面的卡通图案已经分辨不出是个什么样的轮廓。

苏话暗自叹气,刚要抬头继续说,视线不经意落在陆星辰脚上的那双帆布鞋上,鞋子的边缘已经有裂开的迹象,本来白色的帆布材质也已经变得泛黄。

苏话的目光顺着鞋子一路往上，洗得发白的牛仔裤以及有些泛黄的白色衬衫被陆星辰毫不介意地穿在身上，依然掩盖不住她姣好的身材比例，苏话才惊觉陆星辰已经从一个瘦骨嶙峋的小女孩长成了亭亭玉立的少女，散落在她胸前的秀发将那张干净白皙的鹅蛋脸衬得更加精致，只是再看到她身上的衣物，苏话便觉得对不住这孩子——陆星辰从来都没有向她抱怨过什么，可她总是在陆星辰面前放大自己的经济压力，希望对方也能替她分担，这似乎并不公平。

想到这里，苏话愧疚地拿回那些饰品，淡淡地说："算了，我们不冒这个险了。"

这下子，反倒让陆星辰误以为苏话不高兴了，她皱皱眉，解释道："不是这样的，我没觉得掉面子。"从小学到现在，她都不合群，更别说向同学推销饰品，她每次带手工饰品去学校，除了邻座的同学会偶尔象征性地照顾她的"生意"，基本上都是原封不动地带回家。

"我知道。你脚上的这双帆布鞋穿很久了吧？找个时间我陪你去买新的吧。"苏话心想，苦了谁也不能苦了孩子。

陆星辰低头看了一眼脚上的帆布鞋，笑说："不用，还能穿一阵子。"

她不是很在乎这些身外之物，觉得衣服够穿就行了，鞋子只要还能穿就不需要买新的。但苏话不一样，苏话天生爱美，总是省钱买护肤品或打扮自己，陆星辰见过她为了买一套护肤品吃了一个月的馒头，无论怎么劝都不听。

这么想着，陆星辰直接从苏话的手中夺过那包手工饰品，一边塞进书包一边说："我还是拿到学校试试吧，我小心一点儿，应该不会被发现的。"

苏话惊讶地迎上陆星辰的双眼，她的眼睛里总有着一种超越年纪的淡然与成熟，令苏话忍不住一阵心酸。

陆星辰假装没看见苏话的表情，随手扎了个高马尾，背起书包说："那我走了，今天麻烦你帮我去看一下爸爸，告诉他我开学了。"

苏话忙说："知道了知道了，你可别忘了你爸要你好好学习！"

非常寻常的对话，从来没有人会主动说破——爸爸已经过世很多年了。

"陆星辰，高中很重要，一定要加油！别让你妈妈失望。"苏话的眼圈忽然红了，这大概是这么多年里，她对陆星辰说得最认真最严肃的一句话了。

妈妈……

那么多年都没出现的妈妈，真的会知道她那么拼命地学习只是想成为妈妈的骄傲、不愿意等到重逢的时候让妈妈失望吗？

总有一天，她会知道的吧。

那么苏话呢？与她朝夕相处了那么多年的苏话，又何尝不为她骄傲呢？陆星辰看着热泪盈眶的苏话，突然理解了她。其实苏话的心里比谁都矛盾，她希望陆星辰能在新学校一帆风顺，但迫于生计，又不得不让陆星辰去拓宽经济来源。

六年了，苏话也不容易。

陆星辰没想到去一中的12路公交车上还有空位，她心满意足地找了个靠窗的位置坐下，打算一路睡到学校。

因为昨晚做手工做得有些晚，她才睡了几个小时就被苏话催着起床了。昨晚苏话一直在催她早点儿睡觉，但她就是睡不着，想着新学校、新班级、新同学，还想着妈妈……导致今早起来一直犯困。

陆星辰在公交上做了一个很难过的梦，她梦到自己找到白然了，白然却领着一个四五岁的小男孩到她跟前，让她不要再找她了，然后白然拉着小男孩离开，任由她怎么追怎么哭喊都无济于事。

陆星辰醒来的时候，眼角已经湿润，梦境带来的真实感让她害怕，害怕突如其来的消息比一直没有消息更令人难过……等她缓过来的时候才发现公交车上已经挤满了人，空调的气味与汗水的气味混合在空气中，有点儿难闻。

"你就别再找我了，我真的不在家，我已经坐上公交车去学校了。"

因为这个有点儿不耐烦的声音，陆星辰注意到自己身边坐着一个年纪相仿的男生。

男生穿着宽松的白色T恤，他的一只手拿着手机听电话，另一只手捂住了嘴巴和鼻子，看不到他的长相，只能从那双像琥珀一样的眼睛和露出的一点点高鼻梁判断应该是一个长得不错的男孩子。

"别闹，我怎么可能不愿意和你一起坐你爸爸的车去学校？我就是有点儿事。"男生皱紧了眉头，捂着嘴巴和鼻子的那只手不自觉地加大了力道，样子很痛苦。

可他竟然还能滔滔不绝地讲电话："我的好雪泥，你就饶了我吧……又不是小孩子了，干吗让家人接送？"

陆星辰觉得有些聒噪，但不讨厌。因为这一幕让她想起了一个人——那个像话痨一样的夏樊，这么多年了，夏樊回去过那个村子吗？他，有怪过她吗？

"好了好了，我不和你说了，再不挂电话就要出事了。"男生终于闭嘴了，他飞快地收起手机，猛然朝陆星辰倾身过去，陆星辰被吓了一跳，迅速推开他，不悦道："你干什么?"

男生连看都不看她一眼,依旧紧紧地捂着嘴巴,眉头紧锁,继续俯身过去,伸手扣住窗户的按钮,却怎么也打不开。陆星辰看到男生微微鼓起的腮帮子和痛苦的神情,才意识到对方可能晕车,立刻帮忙打开车窗。

陆星辰万万没有想到,在她转过脸帮忙的那一瞬间,男生已经吐出来了,还吐到了她的裤子上!

她的心骤然沉了下去,双手停止了打开窗户的动作,难以置信地低头看向自己的小腿。

这一刻,她只想哭,为什么晕车的人不能自觉地带着个塑料袋在身边?

"你没事吧?"头顶飘来了那个男生小心翼翼的声音。

怎么可能没事?

陆星辰强忍着反胃的冲动,本想控诉对方,抬头迎上男生抱歉的目光时,瞬间呆住了。

那是一张非常俊俏的面孔,精致的五官竟然让她有种似曾相识的感觉,特别是男生那双好看的眼睛,像阳光一样明晃晃地闯入了她的视线,洒进了她的心底。有那么一瞬间,陆星辰觉得心脏某个角落里缺失已久的空白被什么东西填补上了,像是被人突然掀起了久违的记忆,满腹的惊喜涌上心头——是她认识的那个夏樊吗?可是,怎么可能呢?她的夏樊可是个小胖子!

男生眼神中的愧疚在迎上她正脸的一瞬间立即转为惊讶,他突然抓起她的手腕,若有所思地打量着陆星辰巴掌大的脸,无论是她那双看起来像藏满了故事却又冷淡的眼眸,还是她倔强起来紧紧咬住下唇的神情,都太像他曾经认识的一个人。

"你叫什么名字?"男生的语气一点儿也不友好。

他的力气很大,好像要把她的骨头捏碎一样,疼得她想要挣脱。

"关你什么事?"陆星辰感到莫名其妙,她还没开始谴责对方的行为,对方反倒像审问犯人一样审问起她,简直不可理喻!

陆星辰不耐烦的反应,让他更加笃定,她就是他曾认识的那个人。他盯着她继续问:"你叫什么名字?"

"流氓!"陆星辰实在受不了这样的奇葩,直接抬腿狠狠踩了对方一脚,趁着公交车刚好停站赶紧提前下车。

再没有比今天还要糟糕的开学日了,陆星辰下车之后才发现自己的书包落在了车

上，而公交卡和钱包都在书包里，包括那一袋被苏话要求她拿到学校售卖的饰品，一并落在了公交车上。

九月的晨阳把人烤得燥热，如同被关入了蒸笼一样，陆星辰又闷又急躁，抬头间，看到对面公交站有个女人背对着马路看站牌上的公交路线，因为女人的打扮风格和记忆中的白然一模一样，让陆星辰忍不住多看了几眼——简单的衬衫和及膝半身裙，脑后是盘起的头发，加上女人姣好的身材比例，从后面看，就是背影杀手。

陆星辰心想，从正面看，一定也是像妈妈那样的美女。

直到女人看完路线，转身面对着马路等公交车，陆星辰才发现女人居然也和记忆中的母亲一样素面朝天，仔细一看，五官竟然格外相似！

陆星辰忽地呆住了，她心心念念的人的样子突然如此真实地出现在她的眼前，令她不得不反复揉了揉眼睛，在她对眼前这一幕无法判断是否是因为对母亲思念过度才产生的错觉时，女人突然低头盯着手机屏幕笑了起来，梨花般的笑容在阳光下缓缓绽开，愈来愈浓，让陆星辰在一瞬间笃定了马路对面的女人，就是白然！

她难以置信地张大了嘴巴，不由得发出了令自己也陌生的音节："妈妈……"

久违的发音，仿佛让她一下子触到了熟悉的领域，长久被埋藏起来的熟悉感使她更愿意去相信偶然的遇见："妈妈！"

是比之前更加笃定的口吻，以及更高的音量，好像因为这样的自我笃信瞬间让大片的光亮倾入了她的内心深处，即将重逢的喜悦使得她浑身的血液也跟着沸腾起来。

然而，汽车鸣着喇叭飞速驶过，淹没了她的声音，紧接着一辆公交车停在了那个女人面前，完全挡住了她的视线，还没等她找到合适的时机过马路，公交车就已经缓缓离开。

彼时，对面的公交站，早已没了人影。

"妈妈！妈妈！"陆星辰急得快哭了，一直沿着公路追着车跑，可没跑多远，那辆公交车就在她的视线里变成了一个小黑点儿，直至消失。

那么多年了，哪怕自己用尽全力，依旧是竹篮打水一场空。

可是今天，不算一无所获吧？因为已经说明了妈妈在凰城，不是吗？

反正已经习惯了，一边失望又一边努力给自己希望，于是她总是以最懂事的姿态去生活，哪怕经过这样的失望之后，她还是能非常理智地用路边的落叶把在公交车上弄脏的裤子清理干净，然后毫无怨言地一个人走了一个公交站的距离才到达一中。

一中比她想象中的还要大，刚踏进校门口，就是一个十字路口，旁边立着一个极具历史感的木质方向标，上面的箭头分别指向教学区、男生宿舍区和女生宿舍区。

陆星辰面前的大路有着两排像士兵一样挺拔的松柏，沿着眼前的路一直延伸到远处的教学区域，陆星辰能清楚地看到正中间的那栋大楼顶上竖立着的校训。左右两条大路，则分别通往男生宿舍区和女生宿舍区，高中这三年，陆星辰和这两个地方都没有缘分，毕竟她是走读生。

因为她来到学校的时候已经迟到了，她穿过松柏大道的时候没有人，加上远处教学楼里传出来的嘈杂的人声，她不得不加快了步伐。那时候，她独自在那样一条宽大的道路上行走，感受着周围绿植散发出来的清香，不由得令她给与自己初次见面的一中打了个满分。

她觉得一中比起她就读过的那些学校，更漂亮，更庄严，更神圣。

是的，神圣而不可侵犯。

她努力了那么多年，总算没有白费，哪怕别人眼里的她是只蜗牛，但也一步一步地努力爬到了这里。

只是，陆星辰没有想到，她在一中的校园生活并没有她想象中的那么美好。

陆星辰站在自己班级的门口，行着陌生的迟到之礼，等待着班主任允许她进教室。

班主任看起来不是一个善解人意的人，就算黑框眼镜架在她的鼻梁上，也依然挡不住她眼神中的那份冷厉，加上梳得非常紧致的高马尾，不由得令人肃然起敬。

陆星辰看见老师推了推鼻梁上的眼镜，审视般地打量着她，好一会儿才板着一张脸开口："你就是陆星辰？刚刚点名只有你没到。"

"我是。"陆星辰难为情地低下头，恨不得地上有个洞能让她钻进去。

班主任没有给她面子，厉声道："一中和你以前读的那些学校都不一样，别以为自己有本事考上来了就可以不自律。我必须提醒你，我没有歧视从普通学校考上来的学生，但你必须清楚你的基础是班里最差的，不比别人努力，你就永远是班上的倒数第一名。"

话末，教室里传来一阵哄堂大笑。

那些面孔，挂着她非常熟悉的笑容，就好像小时候被嘲笑没有妈妈一样，得不到理解，也没有解释的余地。

说起来陆星辰也不走运,虽然一中的学生大部分是从私立中学毕业的,但也有一部分人是从公立中学考上来的,偏偏只有她一个人被分到了与自己曾经的学校背景不一样的班级里。

嘲笑声绵绵不绝,班主任立即敲了敲黑板,疾言厉色道:"我不是针对陆星辰一个人,在座的你们也一样,即使你们以前的学校是有名的私立中学,只要来了一中,往后也可能变成倒数第一名。"

教室里瞬间鸦雀无声,大家敛容屏气,纷纷低下头。

片刻后,班主任才对陆星辰说:"进来找个位置坐下吧,下不为例。"

"谢谢老师。"陆星辰握紧了双手,羞愧地抬起眼睛寻找空座位。

她走到一个离自己最近的空座位旁,正要坐下的时候,不料同桌的女生突然捂着鼻子叫起来:"好臭啊,我不要和你同桌。"

陆星辰尴尬得一脸通红,下意识地瞥了一眼自己的裤脚,本能地往后缩了一下。虽然她已经用树叶把裤子清理了一遍,但是因为天气闷热,还是会留下异味。

陆星辰不好意思继续干站着,继续寻找下一个空位置,可是当她锁定目标的时候,另一个空位置旁的女生抢先一步拒绝了陆星辰:"我也不要和你同桌!"

再明显不过的排斥,从还未和别人自我介绍开始,她已经被否定了。

"都别吵了!学校是你们家吗?想不和谁同桌就不和谁同桌?"班主任很生气,也不想为难大家,她环顾了一下教室,把目光落在第三排最中间的一个女孩子身上,语气变得温和了不少:"肖雪泥同学,你是班上目前最优秀的学生,你愿意和陆星辰同桌吗?"

虽然是询问,却让人不好意思拒绝,否则你就不是最优秀的。

陆星辰下意识地望向那个叫肖雪泥的同学,女生的肤色很白皙,圆脸大眼睛,加上留着齐耳短发,眼睛在下一秒钟弯成了好看的月牙,像一个瓷娃娃。

"为什么不愿意?"肖雪泥说得理所当然,对陆星辰没有半点儿嫌弃。

不是"我愿意",而是"为什么不愿意",这样的句子比直接答应更让人舒服。至少,陆星辰没有觉得对方是因为老师的缘故才勉强和她做同桌的。

"那就这么办吧。"班主任一边说,一边示意陆星辰去和肖雪泥同桌。

因为有了刚刚的事情,陆星辰连走路都变得小心翼翼,坐到肖雪泥旁边的位置的时候,她刻意把沾过呕吐物的脚尽量挪到边上,看着肖雪泥干净白皙的侧脸,小声地说道:"谢谢你。"

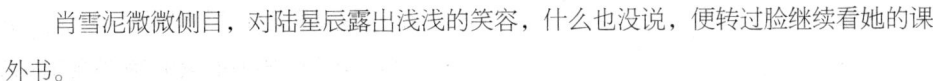

　　肖雪泥微微侧目，对陆星辰露出浅浅的笑容，什么也没说，便转过脸继续看她的课外书。

　　陆星辰隐隐觉得不对劲儿，身边的人并没有被老师询问时那么热情。

　　发新书的时候，陆星辰小心翼翼地在每本书上写下自己的名字，生怕一个不小心把字写丑了。写完之后，才发现一旁的肖雪泥愁眉苦脸的，一直用手按压着书的封面。

　　她仔细看才发现肖雪泥的每一本书，都被分到了每捆书最上面或者最下面的一本，书的封面已经有些破损，或者折痕很明显，换作哪个领新书的学生都不会高兴。

　　陆星辰没有多想，拿出自己的书放到肖雪泥的面前："如果你不嫌弃我的书已经写了我的名字，可以跟我换。"

　　肖雪泥瞪大了双眼，问："你不介意吗？"

　　"我没关系的。"

　　"可是……"

　　从女孩欲言又止的神色中，陆星辰早就领会到对方不是不想换，只是不好意思。她主动拿过肖雪泥的课本，自顾自地打开其中一本，在扉页写上了自己的名字。

　　"你真是个好人！"突如其来的拥抱和热情的笑容，让陆星辰有些受宠若惊。

　　她不是很适应这种来自不熟的人的亲密拥抱，想挣脱，又害怕对方误会自己。

　　还好肖雪泥很快就放开了，对她说："这样吧，为了感谢你，放学的时候我请你喝奶茶。不可以拒绝哦！"

　　陆星辰抬头，迎上女孩真诚的目光，终于放下警惕："好。"

　　自夏樊以后，她没有再遇到过对自己那么热情的同龄人，虽然自小的成长环境与遭遇让她时时刻刻都处在一种小心翼翼的状态中，她也从来没有否认过自己需要朋友、渴望朋友，可就是很奇怪，以前的同学会自动帮她贴上独来独往的学霸标签，不需要朋友。

　　于是，她忍不住期待往后与肖雪泥相处的日子。

　　因为是开学第一天，还没开始真正上课，各科的老师都会让大家先预习新课，所以一整天下来，大家除了向每个科目的老师做自我介绍，便是待在教室看书。趁着课余时间，同学们会相互认识，相互告知曾经是哪个学校哪个班的学生。

　　唯独没有人来找陆星辰谈这些，而与她同桌的肖雪泥，和她在班级里的形象是两个极端。她发现肖雪泥的人缘很好，只要到课余时间，总会有很多女生来找肖雪泥聊天，

她们聊课外书，聊时尚，聊以前学校的事情……甚至会趁着陆星辰上厕所的时候，聊肖雪泥为什么要和陆星辰同桌。

"雪泥，你和那个土包子同桌还习惯吗？"

"你们看她穿的都是什么呀，那帆布鞋估计穿好几年了！"

"还有她那个衬衫，先不说是在哪儿买的地摊货吧，好端端的文艺范儿被她穿成了村姑范儿！啧……"

陆星辰站在教室门口，突然觉得一阵难过。她想，苏话说的没错，一中的学生大部分都是从私立中学考上来的优秀学子，她们不仅学习好，家境还很优渥，可她和苏话都忽略了这样的孩子有可能会因为自小生活在娇生惯养的环境中，被长辈宠成了不太善解人意的姑娘，而来自家庭与成绩的优越感让她们逐渐养成了排除异己的习惯，甚至有时候会一不小心就拿着自己骄傲的资本去伤害无辜的人。

比如现在，陆星辰作为一个被大家讨论的对象，她不知道该不该贸然闯入大家的视线，漫过心间的低落是来自她对新学校、新班级、新同学的失望。

"你们别这么说陆星辰，其实她人很好的。"是肖雪泥的声音。

"是你人好，所以觉得谁都好！"

"你和班上倒数第一坐在一起会不会影响你呀？"

"我们班就她一个是普通中学毕业的，你们说以后她会不会拖我们班级的后腿？"

"老师不是说了吗？无论是谁都可能会是倒数第一的。"只有肖雪泥替她说话。

这一刻，陆星辰才明白早上出门的时候，为什么会那么反常地去拒绝苏话让她带饰品到学校卖。她早就因为知道自己是人群中特殊的一个而感到隐隐不安，她比谁都害怕在那些私立中学毕业的同学面前抬不起头，比谁都讨厌好不容易藏起来的自卑被人一层一层地揭露。

放学的时候，肖雪泥快速地收拾好东西，就催着陆星辰一起去喝奶茶。

一路上，肖雪泥背着她限量版的书包，吸引了不少目光。但女孩似乎已经习惯了这样的场景，她像只骄傲的孔雀，尖俏的下巴微微扬起，迎着微风弯起嘴角，时刻保持着一个甜美又不做作的笑容，欣然地接受所有目光。

走出学校大门口的时候，肖雪泥才注意到陆星辰两手空空，随口问了一句："你没带书包上学呀？"

肖雪泥不提还好，一提又让陆星辰想起这件糟心的事情。

眼看已经放学了，她该怎么和苏话交代？

陆星辰迟疑了一下："这个说来话长……"

肖雪泥弯了弯嘴角，双手抓着陆星辰的手摇晃了一下，像撒娇："那你说说嘛！反正我们还要等一个人。"

陆星辰不喜欢在别人面前说自己的事情，索性顺着肖雪泥的话转移话题："等谁？"

"嗯……就是一个男生，也是我们学校的，他被分到了高一（7）班。"

"哦。"

肖雪泥饶有兴致地继续说："他叫夏樊，就是长得很帅学习又很好的那种男生！我和他是青梅竹马，他父母和我父母也是很要好的朋友。"

"夏樊？"听到这两个字的时候，陆星辰的心头骤然一紧，有欣喜，也有怀疑，于是生硬地打着趣，"天使下凡的下凡？"

"星辰，你真逗！是夏天的夏，香港影星樊少皇的樊！"肖雪泥笑靥如花。

陆星辰不了解明星，自然不知道樊少皇是谁，名字怎么写。为了进一步确认，她模仿着当年夏樊自我介绍的样子说："就是上面两个'木'字和两个乘号，下面一个'大'字？"

"对对对！就是那个复杂的字！"

陆星辰心里一怔，哪里会有那么巧的事情？就算同名同姓，她认识的夏樊，是个胖子，就算长大变了样子，也不会像肖雪泥说的那样长成了大帅哥吧？

然而，肖雪泥很快给了她答案："别看他现在长得帅，他以前可是个小胖子！后来有一年他生病了，才瘦下来的。"

"嗨，你在想什么呢？"肖雪泥见陆星辰没反应，举起手在陆星辰眼前晃了晃。

陆星辰心不在焉："没什么。"

肖雪泥想追问，却在下一秒看到了从校门口走出来的人，她连忙踮起脚尖挥了挥手，大声喊道："夏樊，在这儿呢！"

陆星辰顺着肖雪泥的目光望去，一瞬间惊呆了。

3

是在公交上遇到的那个男生，同样的穿着打扮，同样精致的五官，特别是那双明亮又有神的眼睛，她总觉得和夏樊小时候的眼神如出一辙。

只是记忆中的夏樊圆润可爱，易亲近，而正在朝她走过来的这个夏樊，身材高挑，

轮廓棱角分明，没有一点点肥胖的迹象，从他走路的姿态中都散发出若有似无的距离感。

陆星辰不敢相信是同一个人，可仔细看，那人精致的五官，的确有几分神似。如果不是夏樊，为什么她在公交车上看到他的第一眼，会那么熟悉？想起在公交车上他那么激动地追问她的名字，是不是说明他早就认出她来了？

"夏樊，这是我的新同桌，叫陆星辰。"肖雪泥看着眼前的男生，笑逐颜开，扭头介绍夏樊："星辰，这就是和我一起长大的夏樊，嘿嘿。"

夏樊深深地看了一眼陆星辰，险些让陆星辰认为他还记得她，可下一秒，他就笑嘻嘻地说道："你好，我是高一（7）班的夏樊，很高兴认识你。"

完全一副初次见面的陌生人模样。

陆星辰有些失落："你好。"

"星辰就是这样，她话不多的。"肖雪泥一边说一边把自己的书包塞给夏樊，"不过星辰特别好，今天发新书的时候，我被分到了有破损的书，她全和我换了呢！"

夏樊嫌弃地看了肖雪泥一眼："说话就说话，干吗又把书包塞给我？"

又……

陆星辰特别注意到了这个字眼，仅仅因为一个"又"字，她几乎能够看到眼前的两个人昔日的相处模式。

"我就喜欢你帮我拿嘛！"肖雪泥甜甜地笑起来，"谁叫你也和星辰一样那么好呢？"

夏樊不屑地"喊"了一声，还是顺了肖雪泥的意，他理所当然地拎过肖雪泥那个可爱的书包，纤长的手指有力地握住书包的肩带，稍稍一用力，书包就被他娴熟地甩到了后背，虽然那个可爱的书包与他高挑挺拔的帅气形象毫不协调，但他作为一个在这个年纪里爱臭美的男生，没有半点儿介意，反而像早就已经习惯了这样的设定，依旧和肖雪泥有说有笑。

陆星辰跟在他们两个人的后面，心里很不是滋味，特别是看到肖雪泥缠着夏樊请客喝奶茶，夏樊宠溺地答应肖雪泥的样子，她感觉自己此刻的存在是多余的。

为什么会有这样的想法？因为他不记得自己了，还是因为他不止对你一个人好？还是后悔自己当初对他那么冷淡？

"星辰，快跟上呀！"肖雪泥突然回头对陆星辰得意地笑道，"夏樊答应了他请客，等一下你想喝什么就随便喝，不用担心他的钱包会扁哦！最好点最贵的，嘿嘿！"

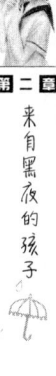

陆星辰佯装心情不错的样子，抬眼微笑。当她的眼角余光无意瞥到旁边的夏樊时，忽地慌了阵脚，因为他一直以一种耐人寻味的目光紧紧盯着她。

她不愿意承认，那样的目光，并不友好。

喝奶茶的时候，陆星辰不小心把吸管掉在地上，弯腰去捡的时候眼睁睁地看着一只运动鞋将她的吸管踩在底下，顺着那只鞋子往上看发现是夏樊的时候，她又惊又恼。

"哦，对不起，踩到你的吸管了。"夏樊有模有样地道歉，一脸无辜的表情有着若隐若现的幸灾乐祸，"我是真的没有看见。"

是真的没看见，还是故意的？

陆星辰直起腰，若有所思地盯着眼前的人，良久才故作平静地说道："没关系。"

"如果你不介意，就用我的吧。我一个大男生，直接喝没关系的。"男生说着，就把自己咬过的那根吸管放入陆星辰的奶茶里。

陆星辰盯着夏樊咬过的那根吸管，若有所思。

在她还未做出任何反应时，肖雪泥抢先一步拿走了夏樊的那根吸管："我介意！我再回奶茶店给星辰拿一根吸管！"

女孩又羞又急，端着自己的奶茶往回跑。

陆星辰看着那个急匆匆离开的背影，觉得好笑。从认识到现在，肖雪泥一直在用她的行动来向所有人宣布，她喜欢的是什么，想要的是什么，不允许被人侵占的又是什么。

不知道夏樊是不是真的不明白女孩子的心思，他耸肩道："矫情。"

是矫情还是未雨绸缪？

表面上一切看起来毫无意义，其实肖雪泥就是在对陆星辰宣布，不侵占她喜欢的一切，就是和她成为好朋友的标准。

"等她回来帮我向她说一声，我有事先走了。"夏樊突然丢下这句话离开了。

陆星辰望着少年渐行渐远的背影，没有想到他就这么走了。

原来，只有自己揣着满怀的小心思期待着有什么发生。

哪怕是简单的"我们又见面了""你过得好吗""你怎么来凰城了啊"之类的别来无恙的句子，甚至是带着怀疑的、不敢确定的"你还记得我吗""我们是不是在哪里见过"……都没有。

原来，只有自己抱着童年那一点点温暖念念不忘。

陆星辰回过神来的时候，肖雪泥已经拿着吸管跑回来了："夏樊呢？"

"他让我和你说，他有事先走了。"

"走啦？他有没有说去哪儿呀？"

"没说。不过他往这个方向走了。"陆星辰说完，指了指夏樊离开的方向。

"那肯定是回家了！"肖雪泥像只泄气的气球，蔫蔫地说，"早上说有事先走，现在又说有事，上了高中怎么那么忙……"

早上？

陆星辰想起夏樊在公交车上打电话的情景，恍然大悟。

"星辰，不好意思哦，我也得赶紧回家，不然我爸妈会担心的。"肖雪泥有些不好意思地开口，"你一个人回家小心点儿哦！"

陆星辰当然知道她那点儿小心思，夏樊走了，她的心大概也跟着飘走了。

"没关系，我也该回家了。"果然，陆星辰的话音还未落下，肖雪泥就火急火燎地朝着夏樊离开的方向跑了。

陆星辰无奈地笑笑，看着手里的奶茶，想起和夏樊的吸管有过亲密接触，不知该如何处理，丢掉有点儿浪费，继续喝又觉得很奇怪，她只能一直端着走去公交站。

一中的公交站很长，每隔一米就立着一个大型的户外广告牌，而这样的广告牌就间隔着立了七八个，此时的公交站已经没有多少学生在等车，大都是一些刚下班不久的上班族。陆星辰懒得穿过人群走那么远，干脆就站在了公交站的末端等车。

好不容易等到车来了，陆星辰一摸口袋，才想起早上弄丢书包的事情，她的东西全在包里，包括公交卡！

这下连家都回不了了！

就在她不知如何是好的时候，头顶突然飘落一个熟悉的声音："我想，你应该在找它。"

陆星辰抬头，迎上少年一脸邪魅的笑容，诧异不已。

琥珀色的眼眸，高挺的鼻梁，微微上扬的嘴角，她迄今为止遇到过的最好看的一个男生，除了夏樊还会有谁？令陆星辰更惊讶的是，夏樊的手里还拿着她的公交卡。

陆星辰立即抢回自己的公交卡，忙问："是你捡了我的书包？我的书包呢？"

"急什么？你难道没有话要和我说？"男生微微挑眉。

说什么？

难道……他没有忘记她？所以，他特地出现在这里，只是在等她的一个道歉吗？

想到这里，陆星辰的心情瞬间变好，她多年来的心愿，除了找回妈妈，就是能遇见夏樊，然后道歉，希望能得到他的原谅。

"我还以为你不记得我了。"陆星辰忍住欣喜，如果只是为了不让肖雪泥知道他们本来就认识，没关系的，她可以接受，也能理解，只要他能原谅她。

陆星辰微微垂眸，有些不敢看夏樊，但语气十分诚恳："其实小时候的事情，我真的不是故意的。我是因为……因为……"

话说到一半，陆星辰就犹豫了。

因为什么呢？如果不是故意的，那是因为什么才忘了救他？

脑子里那些零零碎碎的画面逼得她的脸上慢慢浮现出无措又惶恐的神情，像是为了安慰自己那样，她终于勇敢地抬头望向夏樊："不管因为什么，总之，这么多年来，我一直想和你说一句'对不起'。"

男生的神情有些失望，他以为她会认真地给他一个解释，没有想到她竟然如此敷衍。

六年前的事情，岂是她的一句"对不起"就能将他打发的？她的食言，给他和家人带来的伤害，根本就不是她能弥补的！

无论陆星辰说多少句"对不起"，他都不会原谅她。他从一开始，就不打算和她相认，否则向来不爱多管闲事的他就不会捡了她的书包以此来威胁她。

夏樊故做出一副不解的模样："你在说什么？什么小时候？"

这一刻，失落感再次包围陆星辰。

一开始，她只是怀疑，但现在，眼前的人已经很明确地告诉她，他把过去的一切都忘记了！他的过去没有她，没有泥坑，也没有他对她的承诺，更没有她对不起他。

这好像又给了她释然的理由，对方已经不记得你了，你不用再内疚了呢！你也不用去想去面对为什么会忘记救他了，多好啊，对方也给了你一个逃避过去的理由。

夏樊见陆星辰不说话，"哼"了一声："不过你确实应该和我说'对不起'，要不是你在车上推我，我根本就不会晕车。"

哈？什么强盗逻辑？

她不过是防卫性地推了他一把，而他直接弄脏了她的裤子和鞋子，到底谁更过分？

"请你把我的书包还给我！"陆星辰直接无视他的话，开门见山。

"那么宝贝你的书包啊？"夏樊玩味地挑了挑眉，想起她书包里的那些饰品，不怀好意地笑起来，"上学第一天就带那么多东西到学校换钱，你真不怕被开除啊？"

"你看了我包里的东西？"

"是啊,像你这种想在学校赚外快的人,我也是见过的。我看了总比被校长看了好,你说是不是?"

陆星辰气急败坏地瞪着他:"你想干什么?"

"我也不知道我想干什么,看心情吧。"

看心情……陆星辰觉得委屈。

她和苏话两个人,在这座城市那么拼命地活着,不分昼夜地完成那些大大小小的手工饰品,她还未成年,双手就已经布满了老茧,而夏樊呢?从小就是有钱人家的孩子,要什么有什么,甚至可以用心情来决定别人的命运。

陆星辰越想越难过,红了眼圈,她决定放下自尊,求他:"只要你把东西都还给我,我什么都可以答应你。"

她没办法,那么大一包饰品被她弄丢了,且不说苏话会不会很生气,往后的日子,她们必须要更省吃俭用地来偿还饰品的成本。

人心都是肉做的,本来幸灾乐祸的夏樊看到这样子的陆星辰,忽然心软了。

他依稀记得小时候的她,倔强又冷漠,总是和别人保持着一定距离,就算生活艰苦,她也要维护她那小小的自尊心,不接受别人的施舍。而今的陆星辰呢?一包饰品就能让她低声下气,再看看她那双泛黄又开裂的帆布鞋,时间对她没有宽容,她的生活还是那么拮据,甚至更拮据。

可又关他什么事呢?她给他带来的痛苦,谁又来心疼?

夏樊一边矛盾,一边问:"你真的什么都可以答应我?"

话音还未落下,突然鸣起一阵刺耳的喇叭声,连带着因紧急刹车导致车胎与地面的摩擦响起的尖锐声,一同传入夏樊和陆星辰的耳膜,吓得两个人身体微颤了一下,不约而同地将目光投到了公交站台的另一端。

原来是一辆公交车将要驶入公交站台地段的时候,突然有个学生拽着书包冲了出来,从公交车面前横穿过马路,还好司机刹车及时,没有造成伤亡,但那学生被吓得不轻,戳在原地愣了几秒钟,反应过来的时候又生怕被司机指责,慌慌张张地溜走了。

围观的人群因此慢慢散去,站台上的人陆陆续续排队上车,陆星辰这才后怕地拍了拍胸口,正要抬头问夏樊他刚刚说了什么的时候,视线不经意落在了排在上车队列末尾的女人身上。

女人穿着有几分眼熟的衬衫与及膝半身裙,脑后盘着头发,熟悉的打扮不由得令陆星辰陷入搜索记忆的状态,直到女人抬起头朝公交车看了一眼,陆星辰才惊觉是她早上遇到的那个女人!

不!是妈妈!

"喂,热闹看完了,你也应该回答我的问题……"夏樊的话还未说完,陆星辰已经举步离开,弄得夏樊一阵莫名其妙,也紧跟上去拉住了她的手臂,"喂,你不要你的东西了?"

彼时的陆星辰哪里有心思与他谈论母亲以外的事情,一门心思挣脱夏樊:"你放开我!"

夏樊猝不及防地被她推在一边,随后眼睁睁地看着她焦急地穿过站台上的人群离开。

不知道为什么,他突然有一种又被她丢下了的感觉,女孩对他那么无所谓的态度,生生掏空了他所有的底气,烦躁的情绪在一瞬间涌了上来。他本来想着,如果她回答"是",或者稍微点一下头,就把东西还给她。

可陆星辰没有,一切都在他的意料之外。

4

陆星辰忽然觉得公交站太长是一件非常讨厌的事情,她与妈妈分别站在了公交站的两端,两个人之间隔着很多候车的人,眼看妈妈就要上车了,她更是慌张地拨开挡路的人挤了过去。

可没等陆星辰跑到一半,女人已经上了车,车门关上,公交车缓缓远去。

"妈妈!"她急得手足无措,左顾右盼,希望能有谁告诉她有什么办法能让公交车停下来,当她迎上一张张陌生的面孔,除了看到大家脸上的不解、莫名其妙的神色,她一无所获。

和早上一样的绝望从四面八方扑了过来,仅存的理智反复冲击着陆星辰的神经,绝对不能再像早上一样和母亲错过,绝对不可以!

她管不了那么多,哪怕为时已晚,她也握紧了拳头一鼓作气地朝那一辆公交车追了上去,一声一声地喊着:"妈妈!妈妈!妈妈……"

声音里带着明显的哭腔与不甘心,混合着汽笛的声音消散在暮色四合的城市中。

夏樊站在原地,看着女孩奔跑的身影,恍然想起六年前的那个场景,她也是这样头也不回地在自己的面前渐行渐远,背影单薄得像纸片,长长的马尾在她脑后晃呀晃。烦躁的心情一下子又被突然涌现的回忆给覆盖了,他答应过她,要陪她一起找妈妈,如今

那么多年过去，她早就找到妈妈了吧？

夏樊的手机在口袋里不停地振动起来，他赶紧收起思绪接电话："干吗？"

"呜呜……你快点儿来医院吧！你妈妈的病情好像……好像恶化了！"肖雪泥在电话那头哭了，哽咽着说，"叔叔给你打了好多电话，你怎么都不接呀？"

这个消息，宛如晴天霹雳。

就在昨天，医生说妈妈可以出院了，他才和爸爸开开心心地把妈妈接回家，怎么又进医院了？

夏樊顾不上自己会不会晕车，立即拦下出租车前往医院。

九月初的夕阳透着秋天的气息，黄澄澄的颜色染满了半边天，这个世界就是这样，景色美好得令人陶醉，现实却能让两个不同的人在同样的美好中难过而绝望。

那一天，夏樊在医院待到半夜两点才依依不舍地回家休息，而陆星辰终究没有追上那辆公交车，也没有找到白然。

等她回到家里，苏话已经做好晚饭等她了。

"等你吃饭真不容易。"一进门，陆星辰就听到坐在餐桌旁的苏话抱怨。

明亮度刚刚好的白炽灯照耀在苏话那张疲惫的脸上，像透着迷人的光。陆星辰不得不承认，苏话把自己保养得很好，她的脸蛋和当年初次见面时无异，如今她把短发蓄成了齐肩长发，时刻都扎着自然随性的低马尾，比起过去干净利落的短发，现在的发型为她平添了几分成熟、知性的魅力。

"今天你去医院看我爸的时候，他还好吗？"陆星辰坐到餐桌前，习惯性地问。

"挺好的，他让你好好读书，别想那么多。"苏话分外耐心地说着这么多年来类似的话，"他还说……让你不用太担心他。"

"嗯。"陆星辰看着餐桌上的三个荤菜，有些奇怪，一边坐下一边答非所问，"今天怎么吃那么好？"

"当然是犒劳你的呀！"苏话立马换上一张如花的笑脸，一边给陆星辰盛米饭，一边问，"你的书包没带回来，是把东西都卖完了吗？"

果然，该来的还是会来。

陆星辰看着眼前的那盘糖醋排骨，咽了咽口水，说实话，她真的很久没有吃到苏话做的糖醋排骨了。以她对苏话的了解，如果让苏话知道了真相，就算她们生活再拮据，眼前的这些菜也会被生气的苏话倒进垃圾桶。

"还剩一点儿，我觉得背来背去有些麻烦，就索性放在教室了。"陆星辰小心翼翼地回答，低头夹了一块糖醋排骨，无比珍惜地尝了一下，顿时心满意足。

她还记得当年第一次吃苏话做的饭菜，简直难以下咽，当时苏话不愿让陆星辰包揽一切家务活，说是担心有一天白然回来看到，责怪她委屈了陆星辰，后来一回生二回熟，苏话现在的厨艺有了很大的进步。

陆星辰为了不让苏话有继续追问的机会，赶紧继续说："我今天看见妈妈了。"

"什么？"苏话差点儿被米饭噎住，连连咳嗽。

"我今天，好像……看见我妈了。"陆星辰因为苏话的反应多了些不确定。

苏话情绪有些激动，甩下筷子，斩钉截铁地说："陆星辰，你绝对看错了！也许只是长得像而已！"

"当年是你说妈妈可能在凰城的。"陆星辰难以理解苏话的反应，"既然可能在凰城，那我遇到了也不奇怪，你为什么那么肯定我看错了？"

被陆星辰这么一问，苏话的脑子更乱了，只能看着陆星辰发愣。

苏话最害怕的就是面对像陆星辰这样聪明的"问题少女"，想蒙混过关根本没有那么容易。

好一会儿，她才慢条斯理地解释："当年我们谁都不知道她去了哪里，但是凰城是她的家乡，我以为她不会离开这个地方的。可是你想一下，如果你妈妈在凰城，那么多年了为什么不来找你？为什么不来找我？"

是啊，为什么那么多年了，妈妈一次都不曾出现？

陆星辰不是没有想过，如果白然真的只是为了抛弃她呢？今天早上在公交车上做的那个梦，其实是真的吧？

陆星辰突然很难过，垂下头，任由鼻子发酸，小声地说道："所以，我妈当年离开其实就是为了抛弃我和我爸的吧。"

"我的意思是白然不在凰城，但有可能在其他的地方，也许她有什么苦衷呢？"苏话无可奈何地分析着，"你现在唯一能做的事情就是好好读书，考上好大学找份好工作，有了钱，你想去哪儿找你妈妈就去哪儿找，现在没钱，我们什么都做不了！你能明白我的意思吗？"

陆星辰轻咬着下唇，她一点儿也不想明白，一点儿都不愿意懂事，可现实逼着她成长，逼着她去体谅去理解。

"你会失望会难过，都是正常的。"苏话说话向来很直，"但日子还得过，如果没有作业，早点儿吃完饭干活吧。"

陆星辰只要一想到自己把饰品弄丢了还骗苏话,就不敢对生活有任何怠慢,忙拿起筷子吃饭。

苏话有时候看着这样懂事的陆星辰,也会心疼,但她没办法,她没能力富养她,只好让她学会面对现实。

5

连续几天下来,陆星辰都在发愁该怎么找夏樊拿回饰品,根本没有心思听老师讲课。直到身为学习委员的肖雪泥把一沓作业本呈到陆星辰面前,奇怪地问:"星辰,你的学期目标写好了吗?全班就你一个人没交哦!"

陆星辰才惊觉自己忘了这件事情,赶紧拿出纸笔飞速地写下自己的学期目标。

"星辰,不如你写了之后顺便帮我把大家的学期目标一同拿去办公室交给老师吧!谢谢啦!"肖雪泥见陆星辰才开始写,一边说一边拿出自己买的时尚杂志,随后就有三五个女生凑过来和她一起看,女孩子们的欢声笑语很快充满了教室。

陆星辰将自己的那份学期目标夹入其他同学的目标中,起身前往教师办公室。

下课时的走廊,聚集了不少男孩子,他们嬉笑打闹,你推我挡,但更多的是对着每个经过的女生投来一种研究性的眼光,好像去评判一个女生是不是美女更能让他们有存在感。

陆星辰不喜欢出现在这样的地方,哪怕是需要上厕所,她也会等到快上课,走廊上的人没那么多的时候再去。所幸的是,教职工办公室附近的走廊非常安静,空荡荡的,一个人都没有,只是陆星辰没有想到,在她准备踏入老师的办公室的时候,就看见了那个熟悉的侧影,也不知道出于什么心理,她立即掉头站在办公室门口一侧的栏杆旁,手里的那沓"学期目标"也就自然而然地搁置在围栏上。

陆星辰也认为自己莫名其妙,她没做亏心事,为什么要刻意避开夏樊?

彼时,办公室里传出一个中年女子的声音:"夏樊,你妈妈病情恶化的事情,你爸爸和我说了。如果你实在没心思上课,就请假回家吧。"

格外语重心长的语气,说话的人应该是夏樊的班主任。

陆星辰忍不住挪了一小步,探头偷偷瞄进办公室,只见夏樊的班主任正怜惜地看着夏樊说:"其实谁遇到这种事情都很难平静,老师不是怪你,只是觉得干脆让你回家待几天陪陪妈妈,可能你会好受点儿。"

男生一直低着头，看不清他的表情，只觉干净的侧脸透露着满满的忧郁，原本挺拔的身姿变得有些松散，宽松的白色T恤依然掩盖不住他全身的疲倦。

良久之后，夏樊才低声说："老师，不用了，我以后上课会注意的。"

说完，男生自顾自地转身离开办公室。

陆星辰猝不及防，和夏樊打了个照面，才看到他一脸的倦容。

因为做贼心虚，她本能地缩回身子假装在走廊看风景，只是连那些看起来天不怕地不怕的男孩子都不敢靠近附近这一片区域，她一个女孩子跑到老师办公室外面看风景，实在有些说不过去。

"学期目标？"身边如约而至响起这个低沉的声音，语气中还夹杂着一丁点儿的玩味。

陆星辰警惕性地低头，那沓"学期目标"已经不见了，抬头侧目，果不其然，作业全都落在了夏樊的手中。

她不安地盯着眼前的人，男生正颇有兴趣地研究着他手中的那沓纸，一点儿也看不出他刚刚在办公室和老师谈了一个很严肃的话题，原本的倦容也荡然无存。令陆星辰发慌的是他那双似深潭一样的眼眸，深邃得令人捉摸不透，再加上此时染上了几分邪魅的笑意，她不得不打起十二分精神，对他保持着时刻的警惕。

她担心夏樊会对那沓作业做出什么过分的事情，连忙转移话题："前些天的事情我很抱歉，当时情况太急了，我必须要走，所以就没听清你后来说了什么。"

陆星辰不提这件事情还好，一提起来夏樊就恼火，偏偏恰逢母亲病情恶化，他怎么可能会原谅她？从那天和陆星辰分开起到现在，他都在为自己曾经对她有过一刻的心软而后悔。

夏樊冷哼一声，甩了甩手里的纸张，说："无所谓啊！"

陆星辰紧张起来："可是我有所谓，还是那句话，只要你把东西还给我，要我做什么都可以！"

说完，她不自觉地咽了咽口水，眼睛都不敢眨一下，生怕看到对方一个拒绝性的动作。自重逢以来，他总是能够轻易地悬起她的一颗心。

"是吗？"夏樊的眼里闪过一道锋利的光芒。

"是。"陆星辰无所畏惧地回答，仿佛在许一个惊天动地的承诺。

随后，夏樊缓缓地将拿着东西的那一只手搭在了栏杆外面，那沓"学期目标"在空中摇摇欲坠。

陆星辰急得向前一步："别……"

随即，夏樊扬起了手往外用力抛，那沓纸张瞬间散开，漫天飞舞。

陆星辰猛地朝围栏外倾身，想要抓住一些，却只抓到了一手的空气。

风从下往上吹，拂过她的脸颊，她忽然有种身心俱疲的无力感，他为什么要这么做？

"就算这样，你说的话也还算数？"男生的下巴微微扬起，语气轻蔑。

陆星辰垂下手，顺势扶在栏杆上，转头死死地盯着他："你妈妈病重让你心情不好，我可以理解，但随便发泄到别人的身上，你不觉得你这样做很过分吗？"

他过分？

夏樊满腹的心事开始翻涌，过去的事情仍历历在目，每一个泛黄的画面在脑海交织重现，都让他痛得撕心裂肺——

"妈妈，星辰呢？"这是当年夏樊被妈妈汪如找到的第一句话，当时他已经饿得有些发晕了，可心里一直惦记着那个许诺会找人来救他的陆星辰。

汪如又急又难过，一边抹眼泪一边说："星辰也在山上？你快急死妈妈了，你怎么掉进坑里了？"

"不是星辰叫你来的吗？"夏樊不死心，他不相信陆星辰会食言。

"你这孩子在说什么呀？我找你找了一个晚上，你爸爸还在其他地方找你呢！"

"快，把手给妈妈，妈妈把你拉上来！"

那天夜里，汪如费了很大劲儿才把夏樊从泥坑里救出来，一切看起来皆大欢喜，偏偏在筋疲力尽的汪如从草丛中站起来的时候，忽然发现带到山上的手机有了微弱的信号，一边按下拨号键，一边安抚夏樊："夏樊，你先歇会儿，村子没信号，到山上才有信号，妈妈先打个电话。"

"好。"夏樊不知道妈妈要给谁打电话，他只能从母亲的三言两语中知道陆星辰生病了。本来还想着等妈妈挂了电话问清楚星辰怎么了，得了什么病，却不料妈妈在讲电话时分了神，一个趔趄，踩了个空，随着一声尖叫滑落了山坡。

在那一刻之前，谁都没有看见泥坑旁边是一个很陡的山壁。

"妈妈！"夏樊尖叫着，被满满的恐慌包围。

等他在黑暗中摸索着下坡找到妈妈的时候，才发现妈妈的头部撞到了山上的石头流了很多血。夏樊永远都不会忘记那个夜晚，他一个人守着昏迷的妈妈有多害怕，他哭着喊着，就是没有人来。

再后来，是爸爸找到了他们，可妈妈因为脑部和身体受伤严重，失血过多，就算送到医院被抢救过来，也没能恢复，就连开口说话都是一件非常困难的事情，更别说下床走路了。

所以，陆星辰凭什么说他自私说他过分？他那么相信她，可她呢？明明知道他当时那么怕黑，那么害怕自己凭空想象出来的妖魔鬼怪，她还是丢下了他。如果不是她不信守承诺，妈妈岂会一个人来找他，然后发生这样的意外？

夏樊沉着一张脸看向陆星辰，说："看你这个样子，是要反悔了。"

陆星辰倔强地咬着唇，她真讨厌现在的他，恨不得对他拳打脚踢来解气。明明是他欺人太甚，却还要逼着她委曲求全！

夏樊见她不说话，语气变得更加冷漠："哦，那我知道我应该怎么做了。"

说罢，夏樊直接与陆星辰擦肩而过，他故意硬生生地把她的胳膊撞得闷痛。

陆星辰忍着疼痛，来不及思考任何就慌张地转身，盯着少年挺拔的背影喊道："我答应你，你说什么我都答应你。"

没有人比她更了解一个人能卑微到什么程度，她甚至都考虑到了如果夏樊让她跪下，她都会毫不犹豫地给他跪下。因为她不知道他要做什么，她只知道自己很害怕，害怕那些未知的灾难，以及突如其来的无法扭转的残酷现实。

就像妈妈的离开，爸爸无法陪在她身边一样。

她绝对不允许他毁了她，绝对不能让苏话和白然对她失望。

夏樊闻言停下脚步，没有说话。

陆星辰以为他没听清，重复着："我真的什么都可以答应你。"更加坚定的口吻，也是更加无措的心情。

如果不是实在没办法了，她又岂会这么求人？

夏樊转身迎上陆星辰那双闪着泪光的眼睛时，一下子愣住了，在他的记忆里，陆星辰不是一个轻易示弱的人。不知为何，他的心忽然软了下来，态度不再强硬："我这学期的值日任务都归你，怎么样？"

"好！"陆星辰立即点头，生怕他反悔。

"放学到我教室拿你的东西。"夏樊很意外，转身大步离开。

那时候的夏樊还不明白，生生卸掉对方身上倔强的铠甲，逼着对方委曲求全，是多么残忍的事情。

陆星辰急急忙忙跑出教学楼的时候，就看到陶思弯着腰盯着满地的作业纸愤愤不平："这绝对是陆星辰干的好事！"

陆星辰准备上前解释，正在捡作业纸的陶思突然抬起了头，与陆星辰对视了一眼，还没等陆星辰开口，陶思已经拿着几张作业纸气势汹汹地走到陆星辰的面前，对着陆星辰劈头盖脸地骂了起来："陆星辰！你疯了是不是？雪泥让你去送作业，可没让你扔我们的作业！"

陆星辰对陶思的印象还算深刻，女孩清秀的远山眉下是一双狭长的眼睛，稍微扁平的鼻子几乎破坏了她整张鹅蛋脸的美感，但她一成不变的丸子头发型和经常穿的泡泡袖连衣裙为她的形象平添了几分甜美，也容易让人记住。加上只要一下课，陶思就会跑去跟肖雪泥借课外书，或聊以前学校的一些八卦，陆星辰能看出来两个人曾是初中同学，关系还不错。

"我……"陆星辰还没开始解释，陶思忽然捡起一张纸，盯着纸上的字对陆星辰冷嘲热讽："你的目标是不再倒数第一？你觉得你能做到吗？"

陆星辰立即挺直腰板，向前一步，试图抢回自己那份学期目标，但陶思反应敏捷，又后退了一大步，然后扬起手吆喝道："大家快来看咯！三流学校的学生痴心妄想咯！"

不一会儿，就引来了三三两两的人围观，对着陆星辰指指点点。

陆星辰瞥了一眼那些陌生的面孔，没太在意，面不改色地盯着陶思，一针见血道："你这个私立学校毕业的学生的素质，好像比我这个三流学校毕业的素质还差。"

果然，陶思觉得很没面子，立即扬了扬手中的那张纸，气呼呼地说道："倒数第一永远都是倒数第一，有什么资格制订学期目标？"

说罢，陶思像撕废纸一样，把陆星辰的"学期目标"撕成了碎纸片，又迅速地将手里的碎纸片甩到陆星辰的脸上："如果让雪泥知道，看她怎么收拾你！"

"随便你。"陆星辰无奈地抿了抿嘴唇，倒不是真的不怕被肖雪泥误会，只是实在不想继续和这么不可理喻的人浪费时间。

陶思气得跳脚，见陆星辰没再理睬她，只好气急败坏地跑掉了。

陶思回到教室，肖雪泥正和前桌的李潇然聊明星八卦。

"肖大小姐，你可去看看你的好同桌都把我们的作业糟蹋成什么样儿了吧！"陶思走过去，一脸郁闷地岔开大家的话题，看着肖雪泥说，"你怎么会让她这样的人替你去送作业？"

没等肖雪泥反应过来，周围的女生因为陶思的声音纷纷投来惊讶的目光，异口同声："在哪儿？"

"就在楼下啊！你们快到走廊看！"陶思恨不得全班同学都与陆星辰作对，这也算替她自己解气了，谁让陆星辰刚刚那么嚣张？

大家听了陶思的话，一窝蜂地冲出教室趴在走廊上"看热闹"，唯独肖雪泥若有所思地瞅了一眼正在幸灾乐祸的陶思，才不慌不忙地走出教室朝楼下俯瞰。

肖雪泥能看到楼下右手方向的地板白花花一片，陆星辰正弯腰一张一张地捡作业纸，她的神色安静又认真，不一会儿，高高的马尾从她的后背滑落到她的耳朵旁，挡住了她小小的脸蛋。

"她肯定是知道我回来告状了才假惺惺地在捡作业！"陶思见状连忙解释，哼了一声。

女生们纷纷附和道："不会吧？陆星辰那么坏啊？真看不出来！"

肖雪泥看了看大家，又看看陶思，其实她作为陶思的初中同桌，比谁都了解陶思。

她们曾经是最要好的朋友，几乎天天形影不离，那时候，肖雪泥的眼里只有陶思这么一个要好的朋友，直到有一天放学，发烧的肖雪泥走到半路才想起把手机落在了教室，当她返回去拿手机的时候，意外地听到了留在教室值日的陶思正和另一个女生的对话——

陶思说："你都不知道，肖雪泥的公主病太严重了！每次书桌乱了，她都撒娇要我帮她整理！每次去上厕所，非拽着我去，不想去也不行！还有啊，和她去图书馆看书，她总是把我喜欢的书借走了，也不问问我要不要借这本……"

站在陶思身边的女孩一脸诧异，陶思继续说："她就是仗着自己家里有钱，你看今天轮到我和她值日，她就故意说她身体不舒服，哪里有那么巧的事情啊？"

当时肖雪泥很意外，也很难过，她知道自己有很多小毛病，可她从来都不知道自己在好朋友心目中的形象是如此不堪。其实陶思也有很多小毛病，陶思小气、爱抄她的作业，喜欢借她的东西又不还……她以为她们是好朋友，可以相互包容彼此，没有想到只是她的一厢情愿而已。

后来，谁也没有把这件事情说破，虽然两个人依旧维持着表面的好朋友关系，但肖雪泥是个好强爱面子的人，她咽不下这口气，也跑去和别人抱怨陶思的缺点，再后来，她也学会了和陶思以外的人分享自己的生活，拥有了更多的"好朋友"，却从来不付出真心。

　　如今她要做的，就是维持好自己在大家眼里的"好人缘形象"，让所有人都觉得她是一个善解人意、不拘小节的好女孩。

　　"大家不要误会星辰了，她不是这样的人！"肖雪泥弯起了眉眼，露出一个落落大方的笑容，继续说，"如果星辰真的想扔我们的作业，直接扔到垃圾桶就好了，没必要费么大劲儿让我们都知道，对不对？都散了吧，让星辰看到不好呢！"

　　众人闻言觉得有道理，纷纷点头，陆陆续续地走回了教室，只剩下肖雪泥和陶思在走廊上。

　　陶思不满地盯着肖雪泥："你变了，你竟然帮一个刚认识不久的人，不帮我。"

　　肖雪泥心想，我们的感情就是不如当年了呢，但她还是笑嘻嘻地回答："你别误会，我只是觉得你可能和星辰之间有什么误会而已。"

　　"我和她之间没有误会。"陶思迅速反驳，然后趾高气扬地走进教室。

　　肖雪泥无奈地耸了耸肩，也跟着走进教室。

　　在陆星辰快把作业纸捡完时，突然有一只布满了皱纹的手，拿着一小沓作业纸递到陆星辰的眼前，她听到一个苍老又和蔼的声音对她说："孩子，不用太在意别人的看法。"

　　陆星辰接过那沓作业纸，抬头的那一刻，愣住了。

　　即便时隔多年，眼前的这个人已经被岁月刻上了更深更长的皱纹，换上她从没见他穿过的清洁工的衣服，她也依然记得眼前这一张慈祥的笑脸。

　　"村长？"陆星辰不敢相信自己的眼睛，怀疑自己又认错人了。

　　"嘿，你还记得我。"村长笑得眼睛眯成了一条缝，"姑娘越长大越标致了，我差点儿就认不出你是小星辰了啊！"

　　陆星辰笑了，原来和一个故人久别重逢是一件那么亲切的事情，她问："村长，你怎么会在这里？"

　　"我不当村长好多年咯！来大城市体验一下生活……"两人本以为会有一段很长很温馨的叙旧，却被突然响起的上课铃声打断了。

　　"嘿，铃声响了，你先回去上课吧！"村长遗憾地笑笑，道了一句，"以后和你说，来日方长。"

　　"好。"陆星辰收好捡回的作业，匆匆和村长道别，就跑回了教室。

　　其实她不相信什么来日方长，因为她生命里最重要的人都是乍然离场的，人生哪里有那么多的来日方长?

　　可如果愿意等，惊喜总会出现的，就像一直下雨的天气总会迎来明晃晃的太阳，闷了一冬的小草总会遇见生机勃勃的春天，种在窗台的水仙总会开花，而命运的不经意、人生的遇见，有时候也是惊喜出场的一种方式，譬如陆星辰从来没有想过与村长的偶然重逢使她大海捞针一般的行为找到了方向。虽然灯光微弱，前路未知。

第三章

那个令人捉摸不透的少年

Qingtian You Yu, Yusheng You Ni

"星辰,学期目标怎么还没交给班主任呢?"

回到教室的陆星辰没有想到会迎上肖雪泥关切的目光,本来已经做好了对方会听信陶思的话渐渐疏远她的心理准备,可结果令她颇为意外。

"被在走廊打闹的男生撞到了,一不小心……"相比之下,她就没有那么坦诚,好像总是有所顾忌,担心说出真相之后对方会追问为什么夏樊偏偏针对自己。

是啊,为什么?连她自己都不知道,她要怎么向别人解释?

肖雪泥信以为真,没再追究这件事情,她对陆星辰依然热情,放学的时候还主动等陆星辰一起回家,哪怕她们回家的方向不一样,她也要和陆星辰一起走完从教室到校门口的那一段路。

"我还有事不能走。"被邀请一起回家,对陆星辰来说是一个惊喜,可惜……

"什么事?"

"我还有笔记没写完,你能不能把你的笔记借我抄一下?"

"当然可以呀!"

"谢谢。"

"以后不要那么客气啦,我们是朋友,互相帮助是应该的。那我先走了,你自己一个人回家小心点儿哦!"

朋友。

这两个字如同橡皮擦一般,一下子把所有的生疏都擦净了,在被坦诚与友善慢慢填充的过程里,陆星辰隐约地感到自己那个无趣又昏暗的角落开始出现了一丝光亮,然后越来越多对阳光的渴望充斥着那个撒谎的自己,越来越内疚,甚至觉得自己是个坏人。

她想,就算是坏人,她也是被迫的——被迫撒谎,被迫每天放学去找夏樊。

窗外的夕阳透过玻璃窗户照耀进教室,笼罩着大半个讲台和夏樊,他的侧脸轮廓被阳光镶上了金边,如同会发光的少年。此时的教室只剩下他一个人,陆星辰站在门口能够清晰地听见他拿着粉笔在黑板上写字的声音,铿锵有力。

"你终于来了。"夏樊突然侧目,语气里有等人等太久的不耐烦。

陆星辰立马解释:"刚有点儿事,耽误了。"

夏樊没有多说什么,继续在黑板上计算数学题。

陆星辰站在门口,看着他把一道道函数题解出来,才真正地体会到自己和这些私立中学毕业的学生的差距，因为那些知识点全是她在翻新发下来的数学课本时看到的，如今老师还没讲到后面的这些内容，夏樊竟然能写得那么顺畅！

如果不是眼前的这个人总和她过不去，她或许会像个小女生一样崇拜他。

过了一会儿，陆星辰终于按捺不住道："你不是说要把东西还给我吗？"

"你不是说要帮我值日一学期吗？"夏樊头也不回地反问，没有停止解题的动作。

"今天你值日？"

"嗯。"

"哦……"

男生没再说话，也没有要动的意思。

陆星辰见状，径直走进他们的教室找扫把，本来以为十分钟就能搞定的事情，怎么也没料到垃圾竟然会越扫越多！总有瓜子壳横空飞到她的脚边，扫干净了又飞来新的！

陆星辰忍不住抬头，才发现夏樊正悠哉地跷着二郎腿坐在离她不远的位置上嗑瓜子，嗑完瓜子就把瓜子壳往她这边扔。

"你什么意思？"女孩挺直腰背，怒火中烧。

"吃瓜子呀！"夏樊若无其事地笑。

"你……"浑蛋！她早就应该想到，他不会那么轻易把东西还给她。

陆星辰索性把扫把扔到一旁，随便找个椅子坐下。

他要吃，就等他吃完再扫！她不信他真的无聊到再跑去买一包瓜子回来继续捉弄她！

谁知夏樊见她坐下，立即跳起来控诉："别停啊，继续扫！"

陆星辰翻了个白眼："你一边吃一边乱扔，我怎么扫？"

"就像你刚刚那样扫啊！"

"……"分明就是故意整她的！

"喂，别愣着呀！"

"……"

夏樊的眼里闪过一丝威胁的意味，慢悠悠地说："那我就不客气了，你的东西我一定会完整无缺地交到政教处的。"

陆星辰恶狠狠地瞪了他一眼，无可奈何地捡起扫把开始扫地。

"对了，我们班的值日时间是这样的，轮到谁值日，谁就要连续一个星期负责教室的清洁卫生。也就是说你接下来一个星期都得来负责我们教室的清洁，明白吗？"夏樊坐到课桌上，居高临下地看着陆星辰。

"不明白。"陆星辰没有看他,她怕自己看到他可恶的嘴脸后,会忍不住把扫把甩到他的脸上。

"不明白没关系,反正叫你来值日,你来就是了。这总该懂吧?"

"不懂。"

"你哪儿不懂?"夏樊明知道她是在生气才故意这么说的,还是忍不住去逗她。

陆星辰不想理他,越扫越用力,灰尘翻滚而起。

"你真无趣!小心长大了没人敢娶你!"夏樊被尘埃呛得有些烦,抬头环顾被陆星辰弄得乌烟瘴气的教室,夺门而出。

他怎么会知道,仅仅因为他最后一句话,陆星辰就停下了手中的动作,眼眶瞬间湿润了。

明明是和过去差不多的对话,偏偏时过境迁,人也不复当年的模样,让她越想越难过。

等到教室的尘埃落地之后,夏樊才从外面走廊走进来,看见一直低着头,一动不动的陆星辰,慌慌张张地跑了过去:"喂,你该不会哭了吧?"

其实夏樊不害怕看到女孩子哭,他和肖雪泥青梅竹马,看肖雪泥哭的次数比他看电视的次数还多,所以他一直都认为自己对女孩子的眼泪是有免疫力的,唯独对陆星辰,有一种很矛盾的感觉横亘在他心间,他既喜欢对她搞恶作剧看她气急败坏的样子,又害怕她真的招架不住而泪眼婆娑。

没有人告诉他,他所有的矛盾,都是因为先了解了她的过去,让原本理所当然的报复之举带着愧疚与不忍,变成恶行。

陆星辰吸了吸鼻子,继续埋头扫地。她才不会为了这么可恶的人哭!

谁知夏樊不依不饶,挡在陆星辰的面前,盯着她的眼睛问:"真的哭了?"

他的语气,好像在告诉她,她有没有哭对他来说非常重要。

陆星辰故意拿扫把狠狠地戳了他脚一下,冷着一张脸抬头:"还让不让我扫了?"

夏樊猝不及防,惨叫了一声,终于安心:"啧,还会戳人,那我就放心了。"

后来,陆星辰常常在想,如果她真的哭了,他会不会就此放过她?

在那之后,夏樊显然安分了许多,那包没吃完的瓜子被他扔进了垃圾桶。两个人同在一个平行空间,都视对方为空气,他继续返回讲台在黑板解题,她继续规规矩矩地扫地。

直到一阵手机振动的声音响起,夏樊才移步回到离门口的第一个座位,从桌洞拿出自己的手机离开教室。

那天陆星辰去倒垃圾,又遇到了村长。

散发着一股难闻气味的垃圾池里蹲坐着一位穿着橙色清洁服装的老人,他佝偻着腰,低着头,正一丝不苟地将垃圾分类,瓶瓶罐罐被他特地用一个蛇皮袋装了起来。陆星辰想起小的时候,她和爸爸妈妈也常常把瓶瓶罐罐整理到角落,等攒多了再拿去换钱。

听到有人靠近的脚步声,老人未抬头先说话:"垃圾先倒在池子外面吧,待会儿我会清理。"

随后,他抬头看了一眼来人,一下子笑逐颜开:"原来是小星辰呀?怎么还不回家?"

"就要回去了。"陆星辰也笑。

"你小时候学习不错,我就觉得你这孩子长大了肯定会有出息,这不,你考上了整个凰城最好的高中。"村长挪动了一下位置,面向陆星辰,"如果我没记错的话,你今年应该是高一吧?"

"是高一,村长您记性真好。"陆星辰有些意外。

"嘿,这不算好。人老了生活就越来越平淡了,经历的事情慢慢变少了,对过去的事情啊,就会反反复复地回忆,印象也就深刻了。"村长一脸慈爱,其实不是他记得清楚,而是前两年,他见过一次苏话,直到现在他还清楚地记得当时与苏话交谈的场景——

"我这次来村子,主要也是替白然和星辰母女俩来看看陆金,既然星辰不能接受爸爸的死,我就替她们打理陆金的墓吧,毕竟墓太久没人扫,野草长得太高,就没人知道这儿还有个人了。"苏话坐在村长家小小的客厅里,表情复杂。

"星辰这孩子……还是老样子?"村长有些惊讶。

"嗯,星辰这个病,应该是在她妈妈离开后就开始了……"

"那你更不能配合她,得让她慢慢接受事实,否则她心里这道坎会越来越难跨过去……难道连她的外公外婆也没有告诉她真相吗?"

"外公外婆?村长见过星辰的外公外婆?"苏话很惊讶,答非所问,"他们是不是

到村子里找过星辰?"

"难道这些年以来都是你在抚养星辰?我以为他们已经找到你和星辰了呢!你带星辰离开的那几年,他们隔三岔五就会到村子里打听星辰的消息,我这儿还有他们当初给我的地址,让我有消息就去那儿找他们。你等一下,我把地址找出来给你。"

"哦,好……谢谢了。"苏话心不在焉。

村长看出她有难言之隐,便没有继续和她聊这件事情,只是当苏话离开村子的时候,他再劝苏话不要再帮助陆星辰自欺欺人时,苏话百般不愿意,这令他百思不得其解。

"对了,村长,你怎么到凰城来了?"陆星辰看着村长身上的清洁工服装,明亮的橙色有些晃眼。

"我老了,能力不比从前,应该给年轻人更多的机会!不过在家里闲着,我也难受,不想增加年轻人养家糊口的负担。前年啊,一个老朋友给我介绍了这份工作,我就来了!"村长眯着眼睛笑了起来,虽然这份工作没有都市白领看起来那么光鲜亮丽,但他很满足。

村长忽然想到了什么,忙问:"对了,你现在和谁生活在一起呢?"

"我妈妈的好朋友,苏话阿姨。"陆星辰淡淡地回答,"因为我爸爸生病了,一直在医院疗养,照顾不了我,他就让苏话阿姨照顾我。"

村长怔了怔:"你没有和外公外婆住在一起?"

"外公外婆?"陆星辰惊愕道,白然还在的时候从未带她探过亲,她以为自己的外公外婆都已经不在人世了。

"我还在村子的时候,他们隔三岔五就到村子找你,如果不是他们,我还真不知道你母亲竟然是有钱人家的孩子。"村长缓缓站起来,拖着身旁的那一蛇皮袋的塑料瓶蹒跚地走到垃圾池边上,给袋口绑了个结之后便将那袋瓶子推了下去,他一边回忆一边说,"当时他们为了证明身份,还带来了户口本。不过我没帮上忙,我只知道你跟苏话阿姨走了,但不知道去了哪里……不对啊,我告诉过你的苏话阿姨,她没有带你去找过外公外婆吗?还是说没找到?"

村长的话信息量太大,陆星辰半天没反应过来,愣愣地站在原地。

如果村长说的是真的,为什么苏话宁愿一个人含辛茹苦地抚养她长大,也不带她去找外公外婆?

一大堆问题盘旋在陆星辰的脑子里,她一刻也不想等,恨不得马上飞回家问苏话。

那天，陆星辰为了不引起苏话的怀疑，刻意将夏樊归还给她的书包放回自己的教室才离开，等她回到家里，苏话还在做饭。她一个人木讷地坐在餐桌前，思考了很久都不知道该如何开口，她总是这样，明明迫不及待地想要知道答案，等到可以开口了又瞻前顾后，担心自己的问题会不会给对方造成什么误解。

直到苏话上齐了饭菜，帮她盛了一碗汤，才察觉到她的不对劲儿，说："今天我去看你爸爸了，他一直和病房里的病友炫耀，说自己的女儿在一中上学。"

如苏话所料，陆星辰有心事，她丢了魂似的"嗯"了一声。

苏话忍不住走到她身边，仔细打量了一番后，认真问："你被欺负了？"

"没有。"陆星辰一想到苏话隐瞒了她那么多事情，不知如何开口，忽地烦躁起来，干脆推开了苏话的手。

"那你怎么了？这是对我发脾气呢？"

陆星辰不回答，微咬着唇。

"瞧你这张脸，都快变成黑板了。"苏话笑笑，回到自己的座位又说，"今天生意不错，快收摊的时候一群学生妹跑来把这周做的发圈都给买走了。"

说完，苏话又瞄了一眼陆星辰，见她一副心事重重的模样，也没有再说什么。她并非不够关心陆星辰，而是已经惯了把什么事情都放在心里的陆星辰，别人问不到，她自己也不愿意说。

好一会儿，陆星辰才拿起筷子夹菜，青菜刚放到嘴边，又被她放回了碗里。反复几回，她终于开口："之前你说我妈妈是凰城人，是在凰城长大的？"

"是啊，怎么了？"苏话点点头。

"那……我外公外婆呢？"

闻言，苏话猛然停下夹菜的动作，她震惊地望向陆星辰，半天挤不出一个字。

陆星辰终于捕捉到了苏话眼里的慌张，她能清晰地感觉到苏话害怕她提起她的"外公外婆"，趁机追问："他们也在凰城？"

"谁和你说的？"苏话答非所问，眸间掠过一丝不安。

"你先告诉我是不是。"

"陆星辰，你是在威胁我吗？"

苏话忽然甩下筷子，筷子与桌子碰撞在一起发出清脆的声音，陆星辰吓了一跳，却依旧紧紧地盯着她。

苏话觉得头痛，两个手肘支撑在餐桌上，她揉了揉太阳穴，很无奈："你去一中都

干吗去了？为什么每次放学回家都一堆问题？"

陆星辰不吭声，苏话索性沉默。屋子里的气氛很诡异，时间久了，苏话倒觉得好笑，她们究竟在干什么？她已经无措到要和一个孩子冷战了吗？

苏话深知，导致这样的结果其实和她有很大的关系，一味地隐瞒，只会让陆星辰产生越来越多的疑问。

她突然想起汪如和村长给她的告诫，一开始她觉得问题不大，等陆星辰长大了自然会释怀，可这些年来陆星辰不但没有释怀，反而对父亲住院这件不存在的事情越信越深，也是这一刻，苏话才意识到自己对陆星辰隐瞒的还有白然的事情，一旦有一天瞒不住了，她不敢想象陆星辰会变成什么样子。

可现在，她不可能全盘坦白，依照陆星辰目前的情况来看，现在坦白比六年前坦白对她打击更大。

苏话开始有些后悔没有听劝，如今苦果在嘴里，她不禁苦笑起来。

两个人不知僵持了多久，苏话终于开口打破安静："你是不是想问我，为什么我和你非亲非故，宁愿一个人抚养你，也不把你交给你外公外婆？"

"是。"陆星辰咽了咽口水，一双澄澈的眼睛紧紧地锁住苏话，小脸也跟着紧绷起来，神情严肃。

"那我告诉你。"苏话缓缓抬头看向陆星辰，"因为我想找一个免费的劳动力，你那么勤劳能干，会做饭又不用人操心，做手工活也快，我为什么要把你拱手让人？"

"你不是这样的人。"陆星辰坚信苏话一定有什么事情瞒着她！她能感觉到，这些年以来苏话是真的待她好。

陆星辰见苏话没再搭腔，不由得急躁起来，忍不住吼了一声："你骗人！"

苏话越是沉默，她就越害怕苏话没有撒谎。

于她而言，苏话是她生活在这个世界上仅存的幸运，如果连这份幸运都被掠光了，她还能相信谁？

"我说了你也不信，那你问我做什么？"苏话提高了分贝，又烦又无奈，"跟着我吃尽了苦头，想认亲了是不是？"

陆星辰一直摇头，她的重点不是认亲。

"我只是想知道他们住在哪里。"陆星辰满腹的委屈浮到了脸上，"也许我们可以通过他们找到妈妈。"

"就算他们知道你妈妈的下落，我也不准你去找他们。"苏话自知残忍，可她没办法,她答应过白然,绝对不允许陆星辰去认亲。

"为什么?"陆星辰激动地站了起来。

"不准你去就是不准你去!"苏话的态度变得十分强硬,她比以往任何时刻更像一个长辈在跟陆星辰讲话,"一旦我发现你私自去找他们,你就给我收拾东西滚蛋!"

话末,苏话的眼泪毫无征兆地溢出了眼眶,灯光落在她的眼睛里,亮晶晶的,分外凄楚。没有人知道,这一刻她有多为难。

陆星辰讶异地看着眼前的人,她从来没有见过这样子的苏话,即使苏话和白然是一样的年纪,这些年相处下来,陆星辰从来都不觉得是和一个长辈在生活,反倒觉得苏话更像她的同龄伙伴,会和她开玩笑,会对她破口大骂,也会和她抢遥控器和零食。

是什么让苏话变成现在这个样子?她又在奋力地隐瞒着什么?

面对守口如瓶的苏话,陆星辰决定找村长了解真相。

只要到了课余时间,她就会满校园地寻找村长,她甚至会牺牲掉午休时间在校园里晃荡,常常在垃圾池旁边一等就是一中午,就算阳光把她的皮肤晒得火辣辣的也不愿意离开。

可一连几天下来,陆星辰都没有再见到村长,一个大活人仿佛从人间蒸发了似的。令她更奇怪的是,在这些日子里,她也没有见过夏樊,她每天下午放学以各种理由拒绝和肖雪泥一起回家,去帮夏樊打扫教室的时候,教室里一个人也没有。

一周后,高一新生像高二高三的学生一样开始了晚自修,一切看起来风平浪静,除了新发下来的校服遭到很多爱美的女生的抗议之外,陆星辰并没有感觉哪里不妥。这些日子以来,她和肖雪泥相处得还算愉快,肖雪泥每次去小卖部买回一大包零食,都会提前给她留一份,再吆喝大家来吃。

每逢这时候,陆星辰都特别不好意思,她会小声地和肖雪泥说:"以后,你就不要给我留了,我都没东西回报你。"

陆星辰和肖雪泥不一样,她的兜里从来没有零花钱,更别说像肖雪泥那么阔绰,一买就是多人份。她不知道要等到什么时候才能回请肖雪泥,与其天天吃别人的东西心存内疚,不如大大方方地坦白。

肖雪泥总是歪着脑袋,笑吟吟地说:"你不吃,其他同学也会跑来吃完的。"然后凑到陆星辰的耳边,"相比之下,我更喜欢你。"

很轻很轻的声音,如同羽毛轻轻落入陆星辰的心间,柔软了她的心扉。

陆星辰细细琢磨着肖雪泥的话,她长这么大,从来没有过这种奇妙的感觉,无法拒绝这一份突如其来的亲昵,也不愿意去拒绝能真正拥有一个朋友的机会。

肖雪泥见陆星辰不说话,意味深长地眨了眨眼睛,指了指陆星辰的桌洞说:"如果你实在不好意思,就送一个发卡给我吧。"

发卡?

听到这两个字,陆星辰以为自己幻听了,顺着肖雪泥的手指方向才确定自己没有听错,肖雪泥说的就是"发卡"!

陆星辰的心口骤然一紧,莫非肖雪泥没有经过她同意翻看了她的书包?像是被人窥探到了自己的秘密,陆星辰慌张地伸手探进自己的桌洞,始料未及地摸了个空——书包是扁的!里面的饰品全都不见了!

陆星辰大惊失色,猛地抽出书包一看,只剩下一个鲜红色的樱桃形状的发卡。她惶恐地望向肖雪泥,希望对方能给她一个合理的解释,哪知肖雪泥眼中掠过一丝得意,坦然地点了点头。

什么意思?陆星辰不明所以。

随后肖雪泥凑近陆星辰的耳边,小声说:"我偷偷帮你把它们都卖掉了,你可以看看我们班的女生。"

卖掉了?

陆星辰立即抬头环顾整个教室,几乎每个女同学的头发上,都换上了她和苏话不分昼夜赶出来的发圈和发卡!

肖雪泥继续轻声细语地说:"我骗她们说这些东西都是我爸爸从国外带回来的,然后她们就来抢了……"

"啊?"骗人……不太好吧?陆星辰焦虑地咽了咽口水,万一被发现了怎么办?

"啊什么呀?小声点儿!"肖雪泥紧张地朝陆星辰做了一个"嘘"的动作,鬼鬼祟祟地瞄了一眼周围的人,继续说,"她们不会怀疑的啦!如果在街上看到一样的,顶多会认为街上卖的都是仿制品,自己戴的才是真正的进口货。"

然后,肖雪泥偷偷把一沓钱塞到陆星辰的手上:"喏,这是卖来的钱。"

陆星辰垂眸一看,震惊不已:"这么多?"

她握着手里的钱,紧了紧,怎么估算都翻了个倍。

肖雪泥俏皮地眨了眨眼睛:"国外的东西当然会贵点儿啦!"

高兴之余,陆星辰不免担忧起来,万一因为这件事情连累了肖雪泥怎么办?

肖雪泥像是看穿了陆星辰的心思一样，为了让陆星辰坦然接受她的帮助，低声说："你放心，我了解她们，她们都有点儿小虚荣，不会多嘴告诉别人这些东西的来历和真实价格。如果你以后还有货，可以交给我帮你卖，肯定比你自己卖还赚钱！"

陆星辰转忧为喜，有些感动。她把钱整整齐齐地放进书包，再从书包里掏出那个樱桃状的发卡递给肖雪泥，说："你不是想要这个吗？送你！"

"真的吗？我翻遍了你的包，只有这么一个，好几个同学想买，我都舍不得卖，就想着求你送我。"肖雪泥一边说一边小心翼翼地把樱桃发卡装进书包，一副心满意足的模样。

"那我送你这个。"肖雪泥递过来一块巧克力，甜甜地笑着，"我最喜欢吃学校里卖的这个巧克力，又便宜又好吃。"

这一次，陆星辰没有犹豫，欣然接受肖雪泥的好意。对她来说，这是一种仪式，意味着她愿意从此将肖雪泥放在那个特别的位置上。

过了一会儿，肖雪泥忽然郁闷地趴在桌子上："不过比起美食，我更想见他。"

陆星辰怔了怔："他？"

"就是夏樊！他心情不好，我也不敢去他家找他，不知道他现在的心情有没有好一点儿。"

陆星辰禁不住好奇："他……怎么了？"

"我有没有和你说过，夏樊的妈妈病得很严重？只要医生说他妈妈的病又严重了，他做什么都没心思，这不，已经很久没有来学校了。"

陆星辰恍然大悟，难怪她帮夏樊打扫教室的时候都没有见到他，他到底还是请假了。

她正寻思着要不要继续问夏樊母亲的病是怎么回事，肖雪泥忽地凑过来，拉着她的手抱怨："夏樊请假了，你每天放学还不和我结伴回家，我一个人孤孤单单的，好可怜啊！"

说到这件事情，陆星辰怪不好意思的，即使大家心里很清楚肖雪泥什么都不缺，更不缺朋友，随随便便都可以找到一个人陪她回家，甚至可以打电话让家里人来接送，并非像她自己说的那么惨，陆星辰也不想再替自己找什么借口，诚心实意地说："前阵子真的对不起，不过从今天开始，我可以和你一起回家。"

"真的吗？"

"嗯。"

"星辰，你真好！"

接下来的日子,陆星辰和肖雪泥的关系越来越亲密。苏话再让陆星辰把饰品带到学校卖的时候,肖雪泥总能在第一时间帮她清空书包里的饰品,然后把一沓厚厚的人民币交到陆星辰的手上,再后来,这便成了两个女生之间心照不宣的秘密。

对于饰品销售太快,苏话也有疑惑,吃晚饭的时候,随口问起:"最近生意怎么那么好?"

陆星辰没有隐瞒:"是因为我同桌帮了忙。"

"同桌?看来交到好朋友了呀?"苏话笑逐颜开,打心底替陆星辰高兴,"叫什么名字呀?改天带人家到家里吃饭吧,至少要谢谢人家。"

陆星辰环顾了一下和苏话生活了那么多年的老房子,她不敢确定肖雪泥会不会嫌弃这里太寒酸,于是慢吞吞地说:"她叫肖雪泥,带到家里来吃饭就算了吧。"

说话间,苏话的脸上已经浮现出错愕的神情:"你说她叫什么?"

"肖雪泥。"陆星辰抬头看了一眼苏话,觉得苏话有些异常,"怎么了?"

"没……没什么。"苏话干笑了几下,随便找了个借口,"只是不知道她父母为什么会取这样的名字。人生到处知何似……"

"应似飞鸿踏雪泥。"陆星辰自然而然地接了苏话的话,浅笑道,"我第一次听到这个名字也想到了这句诗。"

苏话先是愣了一下,抬头打趣:"知道的还挺多。"

"之前有在书上看到过。"

"好好相处,难得找到了适合和你做朋友的人。"

"嗯,知道了。"陆星辰故作无所谓,其实心里非常渴望能有个知心朋友。

友情这东西,对她来说像一件奢侈品,越想要,就越不敢声张,害怕一不小心就会永远失去。

所以,她无论说什么,做什么,总是三思而后行。

坦率的人,会觉得不够真诚。

而敏感的人,把这当成"谨慎",觉得理所当然。

就像此时此刻,陆星辰突然被一个不认识的人往自己手里塞了小纸条,看到上面铿锵有力的字迹时,会不由自主地把纸条收好——下午放学后务必来我教室值日,夏樊。

她曾在夏樊班级的黑板上见过夏樊的字,是他没有错。但他是不是搞错了?

离上次替他值日不过短短一个多月的时间,她依稀记得夏樊的座位是在进门口的第一个位置,按照他曾经说的每人值日一周的算法,不管怎么轮,都不可能又轮到他值日。

"在想什么呢?"肖雪泥从洗手间出来,吓了陆星辰一跳,"等很久了吧?"

"没。"她把纸条紧紧地攥在手里。

"说啦,咱俩关系都那么好了,还有什么不能说的呀?"

"我只是在发呆。"陆星辰本能地隐瞒,本能地撒谎。

她甚至觉得,"咱俩关系都那么好了,还有什么不能说的"是一个伪命题,正因为关系越好,才会越珍惜,越不敢随便,生怕惹来不必要的误会。

"糟了!"两人走到教室门口的时候,肖雪泥忽然惊呼起来,"我把今天下午轮到我们俩值日的事情给忘了!"

陆星辰笑笑:"这不是还没放学吗?"

等等,什么?今天下午轮到她们俩值日?

那夏樊那边怎么办?

"可是我请假了!我下午第一节课之后就得回家,因为我舅舅好不容易从国外回来,我想见一见他。要不然他晚上又要飞走了!"肖雪泥抱歉地望着陆星辰,"我是真的忘记轮到我们值日了,如果我现在去和老师说我不请假了,老师一定知道我在撒谎了!因为我说我下午要去医院检查身体才请假的……怎么办呀?"

"没关系,我一个人可以的。"陆星辰笑笑,不想让肖雪泥为难。

肖雪泥终于松了一口气,感激道:"星辰,谢谢你啊!"

4

然而在陆星辰打扫教室的时候,并没有她想的那么轻松。

放学铃声一响起,以陶思为首的一群同学朝地板上扔了很多废纸,教室垃圾桶里的垃圾也比平时还要多,陆星辰自知陶思是为了上次的事情故意报复她,虽然不知道陶思和那些同学都说了什么,可她不想和幼稚又无聊的人打交道,索性保持沉默。

等到晚自修,陆星辰在座位上总能感觉到有人在议论她,那种感觉很明显,只要她朝一个角落望去,那个角落立即没了声音,当她低下头,那些声音又开始了。

她不知道大家都在议论她什么,直到晚自修放学之后,她在厕所的隔间里听到门外传来这样的对话——

"你说,肖雪泥为什么和陆星辰关系那么好?"

"和不好看的人站在一起,你会显得更好看,懂不懂?"

"难怪一到她俩值日,肖雪泥就请假了,我还以为她俩关系是真的好呢!"

"肖雪泥一千金大小姐,从小十指不沾阳春水,你还指望她扫地呀?还不是因为陆星辰可以帮她干活,她才假惺惺地和陆星辰做朋友?"

陆星辰站在隔间里,不知道该做出什么样的表情。

惊讶?难过?沮丧?

可她听到这样的对话一点儿也不意外,好像已经习惯了自己没有朋友的这个设定,在那些虚虚实实的对话里,也开始怀疑这样的自己,不可能拥有像肖雪泥这样闪闪发光的朋友。

毕竟友情,是比方程式或函数题还要复杂的东西,譬如门外传来的对话——

"咦?你和肖雪泥的关系不是很好吗?怎么……"

"表面而已!"

表面。

背后。

是完全对立的两个世界。

陆星辰突然想看看,到底是什么样的人才能在两个对立的世界里游刃有余?

打开门的那一刻,陆星辰惊住了,因为其中一个女生就是陶思,那个看起来和肖雪泥关系很不错的陶思。

刚刚聊得津津有味的两个人瞬间呆住了,你看看我,我看看你,愣是没说出一句话。

陆星辰面不改色地上前洗手。

陶思突然慌了:"你……我……不是你想的那样。"

"反正和我没关系。"陆星辰抬眼从镜子里看陶思,一脸淡定。

"你别在她面前乱说……"陶思转着眼珠子,焦虑不安。

陆星辰没有久留的意思,关了水龙头转身就走,谁知陶思忽然追上去从她身后一把揪住了她的书包,紧张兮兮地说:"你……你要去哪里?"

"我和你不一样,不会随便告状。"陆星辰回头,一脸讥诮,"你还是自求多福吧。"

其实,她没有把握让肖雪泥相信自己而放弃一个老朋友。

因为晚自修放学有一会儿了,走廊上只有寥寥无几的学生,陆星辰转身走下楼梯,不知是谁关了楼道的灯,漆黑一片,但她小时候在村子里走的夜路不胜枚举,也就没有刻意减慢步伐。

　　因为走太快，她在二楼的楼梯间转弯的时候和一个人迎面撞上。

　　陆星辰吃痛地捂着被撞疼的脑袋，还没看清对方是谁，就听到对方浮躁的声音："陆星辰，你的头是钢筋做的吗？"

　　是个男生的声音，除了夏樊，在这个学校不会再有第二个男生和她说话了。

　　陆星辰诧异地抬头，借着楼道外的灯光，她能清晰看到对方正龇牙咧嘴地摸着自己的下巴，那双亮得发光的眼睛充满了怨气。

　　"对不起。"虽然她也疼，但确实是她不对在先，走路太急又低着头。

　　夏樊气哼哼地反问："你以为什么事情都可以用'对不起'解决吗？"

　　闻言，陆星辰的眸间掠过一丝不安："那你想怎样？"

　　"你怎么还能理直气壮地问我想怎样？我把东西还给你了，我让你下午去值日你怎么没去？"夏樊反唇相讥。

　　值日？糟糕了！明明上午还记得的事情，轮到她一个人打扫教室的时候就忘了！

　　"我……我忘了……"陆星辰忐忑地看了看夏樊，见他面带怒色，生怕他又想出什么诡计来整她，连忙解释，"其实也不是忘了，就是今天刚好轮到我和雪泥值日，可是她请假了……我一个人扫完教室已经很晚了。"

　　"肖雪泥请假了？"夏樊并不知情，皱了皱眉问，"她为什么请假？"

　　"她说她舅舅好不容易回国，想见她舅舅一面。"

　　"哈？"夏樊如同听了一个很好笑的笑话，忍俊不禁，"她哪来的舅舅？你撒谎好歹用点儿心吧？"

　　陆星辰不可思议地望向夏樊，瞬间黯然失色。

　　如果充满诽谤的谣言是一种以光的速度拉开人与人之间的距离的存在，那么真话呢？比起谣言，这样的真话不是来得更残忍吗？

　　没有任何怀疑的余地，因为他们是青梅竹马，了解彼此，所以一句真话，就能轻而易举地将她放置在一厢情愿的高处，招来更多的嘲讽。

　　男生看到女生脸色大变，忽然意识到了什么，干咳了一声："你下午没帮我值日，现在赶紧去补回来！不然劳动委员找我麻烦，我就找你麻烦！"

　　陆星辰收起思绪，闷闷不乐地问："怎么又到你值日？"

　　"鬼知道！"夏樊不忿道，"上次值日到一半我就请假了，然后劳动委员说我请假不可能还跑来学校值日，要我找个时间补回来呗！"

　　"可是我扫了！"陆星辰辩解道，"我去你们教室也没有人在扫地，你和你们劳动

委员说了吗？"

"没说。"

"为什么不说？"

"又不是我扫了。"夏樊无所谓地摊手，表情贱兮兮的。

陆星辰气得想打人。

"赶紧的，不然教学区要锁大门了！"夏樊说完，就拽着陆星辰的手腕往高一（7）班的教室走去。

听到这句话，陆星辰已经失去了和他理论的冲动。一中的教学区与校门口之间不只隔着一段林荫大道，还隔着一扇大铁门，平时上课保安就会把教学区的铁门锁起来防止学生逃课，等到放学才会开启，然后又在规定的时间里锁上。

陆星辰和夏樊一同出现在他的教室门口时，还逗留在教室里的两个男生不约而同地将目光投向他们，暧昧的笑容缓缓地在他们的脸上荡漾开来。

陆星辰顺着那两个男生的目光落在夏樊抓着她手腕的那只手上，恍然大悟，飞快地甩开夏樊的手，一瞬间涨红了脸，连耳根子都火辣辣的，双手不自在，不知道往哪儿放。

"夏樊，原来你喜欢这类型的啊？"说话的人叫章明晨，留着清爽的平头发型，五官深邃，长得还不错，虽然肤色比较黝黑，但看起来阳光健康。他与夏樊自小学起到现在，都是同一所学校，同一个班级，是夏樊最要好的朋友。

夏樊瞥了一眼一直低着头的陆星辰，女孩的侧脸一片绯红，令他更难为情了，羞怯中故作一本正经地说："你再胡说，我明天就不借作业给你抄！"

一个才闭嘴，另一个男生又凑过来："不过夏樊，垃圾妹在我们学校也是挺出名的，你不亏。"

垃圾妹……

陆星辰不解地抬头，正好迎上那个男生嬉皮笑脸地看着她，才确定对方嘴里的"垃圾妹"是指她。

如此不讨喜的代号，不得不让她想起有人到班上找肖雪泥的场景——

"你们班花在不在？"

"在呀，肖大小姐，有人找你！"

"别这么叫我啦！"

"谁让你家那么有钱呢？不然以后叫你肖有钱！"

"不要！难听死了！"

无论是"班花"，还是"肖大小姐"，甚至是带着调侃意味的"肖有钱"，都比她的"垃圾妹"更高级。

已经被大家划分得很清楚了啊，不是同一个世界的人，所以才会被怀疑不适合做朋友。

也是真的，不适合做朋友吧。

"你什么意思？"在陆星辰还未做出任何反应的时候，夏樊先一步开口，他的脸色并不好，好像别人口中的"垃圾"是在说他一样。

"呃……我没别的意思……"对方没有料到夏樊会如此在意，立马敛容正色地解释，"大家都知道的，她经常在垃圾池边上站，一站就是一中午，大热天的，收垃圾的老伯都没她那么有耐心呢！大家又不知道她叫什么名字，就取了个代号而已……"

"你们真闲，看来你们可以自己动手做作业了。"夏樊一脸郁闷。

"可别啊！以后不会那么闲了！"男生笑笑。

夏樊微微一笑，随后立马收起笑容，认真道："自己的作业自己做！"

那时候，在陆星辰的眼里，夏樊那张被染上不悦的俊俏脸庞变得更加耀眼——男生眉梢轻蹙，目光灼灼，淡色的唇瓣一张一合，从喉咙里发出的所有声音如同正义的化身。她忽然觉得，夏樊也没有那么讨厌。

站在另一侧的章明晨暗自笑笑，以他对夏樊的了解，除了肖雪泥，还未见过他对哪个女生如此袒护，赶紧转移话题："说到那个老伯，我们已经好久没见他了。夏樊你上学的时候经过他家有发现什么异常吗？"

陆星辰闻言喜出望外，连忙搭话："你们知道那个老伯住在哪里？"

"我们不知道，只有夏樊知道。"章明晨嘿嘿直笑，转头看向夏樊，继续说："我听学校的人说，那老伯身体不好，又是自己住，这些天没出现，会不会是出了什么意外？"

"你会不会说点儿吉利的话？"夏樊皱眉。

"我也是担心老人家……"

陆星辰不知道他们还要闲聊多久，自顾自走进教室开始打扫。过了好一会儿，她才听到那两个男生和夏樊道别，教室顿时一片安静。

"那个……"陆星辰停下扫地的动作，感激地望着夏樊回到他的位置，"刚刚谢谢你帮我。"

夏樊怔了一下，口是心非："我只是很烦他们自己不动脑，总等着抄我的作业而已。"

好吧，就当她自作多情好了。

陆星辰撇了撇嘴，决定说正事："听你同学说，你知道那个老伯住在什么地方？"

夏樊坐在身后的椅子上，奇怪地看向她："然后呢？"

陆星辰满怀期待地问："你能不能告诉我他家的地址？"

"你要干吗？"

"我……"她该怎么告诉他？

"不说就算了！"夏樊打了个哈欠，懒懒地趴在桌子上，闭起眼睛，"抓紧时间扫，扫完叫醒我。"

这段时间，他一直在医院守着母亲，实在太累了。

陆星辰见状立马急了："我说！我说！"

"我现在不想听了！"

"……"

陆星辰气得咬牙切齿，很快就把教室打扫干净了，准备走的时候发现夏樊真的睡着了！她忍不住在心里吐槽，这人睡眠怎么那么好？

"喂，回家了。"陆星辰没好气地走到夏樊面前，恍然发现他的睡容像个小孩子，比他醒着的任何一个时刻都可爱。

大概可恶的人，只有睡着的时候才可爱吧！

"喂，醒醒！"陆星辰伸手戳了戳他的肩膀，只见男生挪动了一下，依然没醒。

她本来想用力敲桌子把他弄醒，可也只是一闪而过的念头，平日里都是他在欺负她威胁她，现在正好，不如悄悄走掉。

只是陆星辰没有想到，当她走到一楼的时候，整个教学区的灯在一瞬间熄灭了，到处一片漆黑。

该不会大门要锁了吧？陆星辰撒腿就往教学区的大门口跑。

周围一片漆黑，是如此熟悉的场景，时光仿佛一下子倒回了许多年前，她也曾像现在一样在黑暗中离去。

"一定要记得叫大人上山把夏樊救出来,一定要记得。"

回忆里渐渐变得格外清晰的声音,迫使她停下了脚步,大口大口地喘气。

如今,她还要头也不回地丢下他吗?

堆积在心底许多年的愧疚感翻涌袭来,陆星辰不想再一次后悔,立即掉头摸黑跑回教室。

"夏樊!夏樊!"在什么也看不清楚的教室里,只听到陆星辰焦急的声音。

"叫魂呢?"男生醒来伸了个懒腰,睁开眼睛才发现眼前一片漆黑,"停电了?"

"要锁门了!"

夏樊触电般地跳起来,椅子和桌子撞在一起发出"砰砰"的声响,不知道他骂了一句什么,拽出桌洞里的书包就跟着陆星辰跑了。

因为夏樊是男孩子,腿又长,没两下就跑在了陆星辰的前面,陆星辰气喘吁吁地跟在他身后,想叫他等她一下,又怕他不愿意,只好咬紧牙继续跑。

令人难过的是,当陆星辰累死累活地跑到教学区的大门口时,大铁门已经锁上了,夏樊正一脸无奈地靠在铁门上,大口大口地喘气。

"锁门了?"陆星辰喃喃自语,不愿意接受事实。

她一刻都不敢歇,连忙冲到大铁门前,用力地拍打着铁门,她几乎是带着哭腔叫喊出来的:"有人吗?有没有人啊?"

"吵死了!"夏樊怅怅不乐道,"保安都下班了,这个门口离学校大门又远,鬼才听得见!"

"那怎么办?"陆星辰沮丧至极。

夏樊摇头:"本来想跑快点儿拦住锁门的人,还是迟了。"

陆星辰诧异地望向夏樊,原来他不是故意不等她的。

她突然想到了什么:"你不是有手机吗?打电话让人……"

"手机没电了!"夏樊快速打断了陆星辰的话。

陆星辰不再说话,绝望地倚靠在铁门上,望着屋檐外被教学区外面的街灯照得通红的天空,若有所思。

夏樊侧目瞥了一眼陆星辰,她的五官算不上精致,拼凑在一起形成一张小小的鹅蛋脸,却很耐看,和同龄女生比起来,她身上总是隐隐地透着一种少有的安静又清冷的距离感。令夏樊熟悉的是,即便时隔多年,她眉宇间的那种冷淡依旧没变。

他突然想起多年前的那个夜晚,他和她困在泥坑里,她也是这样安静地望着夜空,是绝望,还是已经习惯了,夏樊很难得知。这些年来,他常常在想,如果当年先一步离

开的人是他，那么他的命运、母亲的命运，甚至连陆星辰的命运，是不是都不一样了？

"真的没办法了吗？"陆星辰喃喃自语，她不想在学校待到天亮，也不想让苏话担心，"以前有个人跟我说，虽然一个人的力量很渺小，但两个人或几个人的力量加起来，总会有办法的！现在我们是两个人，应该有办法的吧……"

夏樊愣住了，似有一股暖流在心间缓缓流淌，他惊诧地望向女孩，她的侧脸恬静而美好，目光倔强而坚定。他没有想到，她会把他说的话记得那么清楚。

男生心底的某个地方，突然变得柔软起来："谁和你说的？"

"你……"陆星辰侧目看向夏樊，毫无征兆地迎上夏樊清亮的眸子，近距离的对视使她心头猛然悸动，结结巴巴地说，"你……你不认识。"

话末，她立即不自在地收回视线，故作镇定地望向前方，双手还是因为忽然乱了的心跳节拍紧紧地拽起了衣摆。

"你怎么什么都信？这是他安慰你的吧？"夏樊挑了挑眉，配合着她装傻，嘴角却不自觉地偷偷上扬。其实，被她那么清楚地记得自己，是一件很开心的事情吧。

"可能是吧。"

"你真是……"

"什么？"

连他也不知道"真是什么"，也许只是单纯地不满意她的回答，不满意她能被人轻而易举地煽动，不满意她不够信任小时候的他。

可"小时候"，是多么遥远的距离。遥远到他能藏着对她的怨恨生活了那么多年，连自己都不敢相信会再次遇见她，他已经变了，又凭什么要求她对自己像从前一样坚信不疑？

在怨恨的情绪中还夹杂着某种期待，连自己都觉得可笑。

夏樊板起一张脸，自顾自地走向教学区深处。

"你去哪儿？"陆星辰望着少年渐行渐远的背影，又左右看了一下，留在这里她也没有办法出去，莫非夏樊有办法了？

得不到夏樊的回应，陆星辰只好追上去。

一路上，只听见两个人踩着地板的声音，以及晚风拂过时树叶摇摆发出的声响。原本跑出一身汗的两个人置身在风中，出过汗的那些部位传来一阵一阵的冰凉。

教学区的最深处，是一面两米多高的围墙，借着围墙外面的路灯，陆星辰能清晰地看见围墙在大约一米高的位置会有一级二十厘米左右宽的阶梯，上面稀稀疏疏地摆放着一个又一个盆栽。

　　陆星辰不笨，看到眼前的一幕，自然知道夏樊是想翻墙而出，但她不行，即使她踩到围墙那级小台阶，双手能够攀附着围墙的顶端，她的臂力也不能支撑起她的身体翻出去。

　　果然，下一秒，夏樊直接把书包扔到了围墙外面，然后踩到围墙中间那道小台阶上，双臂紧紧地扣住围墙的顶端，以迅雷不及掩耳之势一跃而上。

　　"喂，我怎么办？"陆星辰没有料到夏樊的动作那么快，抬头仰望着对方。

　　夏樊敏捷地转身，坐在围墙的顶端，居高临下地看着陆星辰，耸肩道："关我什么事？"

　　他的眼底，是满满的得意和兴致。好像看到她站在那里干着急，他就会越高兴。

　　陆星辰诧异地望着上方的人，男生背对着外面的街灯，光芒落在他的身后，投下的影子刚好笼罩着她。因为逆光，陆星辰不太确定夏樊的脸上是不是有一种幸灾乐祸的神色，引起她注意的是男生头顶那片毛茸茸的发梢在灯光的照耀下就像一撮会发光的小草，有些可爱。

　　过了一会儿，陆星辰难以置信地问："你要丢下我吗？"

　　她的话，像是打开了青春期的男孩子爱捉弄同龄女生的开关，夏樊故意朝她微微勾起了唇角，若隐若现的捉弄意味随着嘴角弧度的上扬而逐渐加深，随后，他收起笑意，故作认真地对她说："我丢下你又怎样？你不也……"

　　你不也丢下过我吗？

　　这句话，夏樊到底没有说出来，一时的心直口快，让他想起了过去那些不开心的事情。

　　"什么？"陆星辰疑惑道。

　　"别以为我不知道，你本来就打算丢下我，一个人偷偷离开。"

　　"我……"陆星辰自知理亏，无话可说。

　　这时，夏樊反倒惊讶起来，明明是他想要为自己找个台阶下才嫁祸给她的事情，可当他如愿以偿，她没有进行任何辩解的时候，他又在一瞬间失落。

　　原来，她真的打算丢下他。

　　男生逆着光的脸渐渐地变得冷漠，比生气更多的，是失望吧。六年前是这样，六年后也是这样，她永远都在打算丢下他。

　　夏樊慢慢站起来，高高在上，但他一点儿也不害怕，反而因为眼底下的人更加无所畏惧，他的语气变得冰冷："你今晚就一个人睡在学校吧。"

"夏樊！"陆星辰惊慌地叫起来，只见男生愣在那儿，挺拔的背影散发着孤寂与冷漠的气息，陆星辰忍不住回头看了一眼身后那片漆黑的景色，她不怕黑，但是害怕被丢下。

许是白然突然消失给她造成的童年阴影，这一刻，她像面临世界末日一般，胸腔被满满的恐慌填堵着，她紧张起来："我哪里对不住你，我向你道歉行不行？我知道我不应该在公交车上推你那一下害你吐了，也不应该忘记去帮你值日……夏樊，都是我对不起你！"

不知道是因为委屈，还是因为害怕，女生的眼里已经蓄满了泪水。

夏樊背对着陆星辰，脊背僵硬，迟迟不愿转身。他不要再看到她那一副可怜兮兮的样子，也不要再同情她！于是，下一秒，他俯身蹲下，一鼓作气地跳下了围墙。

与此同时，陆星辰的眼泪在一瞬间滑落，她绝望地叫起来："夏樊！"

沙哑的声音划破静寂的夜空，微风轻轻拂过，她的心底一片悲凉。

她不要被人丢下！她讨厌这种感觉！

"夏樊！你回来！你若真丢下我，你会后悔的！"起初，陆星辰还故作恼火地威胁围墙外的人，直到所有的底气和希望被越来越深的夜吞没，变成一声接一声的哀求。

"别丢下我，别像妈妈一样丢下我，求求你，不要像妈妈一样丢下我……"隔着一面斑驳的围墙，没有人回应她，只能偶尔听到虫鸣声。

曾经信誓旦旦地说要保护她、陪她一起找妈妈、一起过生日的少年，如今头也不回地走了。他明明不记得她了，为什么还要对她那么坏？她已经听他的话乖乖地把教室打扫干净了，为什么还是不肯放过她？

陆星辰在微弱的光亮中抱着双膝抽泣着，看不见围墙外的路灯的光芒洒落在夏樊的身后，在墙上映出一个纤长的影子。他一动不动地站在原地，细细地听着从围墙的另一面传来的哭声，她一直在求他不要像妈妈一样丢下她……

妈妈……这两个字不禁让夏樊红了眼圈。

不是只有他需要妈妈，她也很需要妈妈，可老天爷都没有眷顾他们。夏樊恍然想起那天陆星辰一边追着公交车跑一边喊"妈妈"的场景，难道她还没找到妈妈吗？

小时候的记忆在这一刻翻滚而来，那个小村子，那片闪烁着繁星的夜空，以及他曾经对她许下的那些诺言，像一个个响亮的耳光打在他的脸上，他也会痛，也会不忍心，可是当岁月静好的画面突然发生了翻天覆地的变化，脑海中浮现出母亲只会纹丝不动地躺在病床上的画面的时候，他的心又开始渐渐地硬起来……

夏樊就这样一直矛盾着，他站在原地，做不了拉她一把的决定，也狠不下心离开。

他对她的感情,不只有怨恨,还有被长久的时光埋藏起来的怜悯与关心,只是时过境迁,往事不堪回首,他一次次地说服自己去做一个硬心肠的人罢了。

他又怎会明白,他不过是青春期里普普通通的男孩子,心肠再硬,碰到软弱无助的女孩子,一样会心软。

不知道过了多久,夏樊没有听到陆星辰的声音,突然慌了:"陆星辰?"

他仰着头,跳起来,即使是一米七八的个子,也看不到围墙内的一切。

"喂!陆星辰,你还在吗?"

"陆星辰?"

"喂喂喂……"

……

这一条被橘黄色路灯笼罩着的荒草丛生的路,只有一个少年一直重复着踮起脚尖跳跃的动作。

"陆星辰,你没事吧?你能不能吱一声?"

"喂!陆星辰,你别吓我!"

依旧没有得到任何回应,不安的感受随着越来越长的静寂而加深,他甚至开始害怕了。

"你等我,我这就去找人给你开门!你别怕啊!"像是说给自己听的一样,男生一边跑一边回头,他承认,有点儿后悔丢下她了。

"啊!"身后突然传来一声尖叫,夏樊忽地停下脚步,猛然回头,只能隐约看见围墙外面多了一坨东西,还会动!

他忽然想到了什么,转身飞快地冲回去,果然是陆星辰摔倒在围墙边上的草堆里。她正从草地里爬起,瘫坐着,两只手来回揉捏左脚的脚踝,随着力道加深,她的脸上渐渐浮现出痛苦的神色。

夏樊意识到她可能崴了脚,顾不上询问她是怎么翻出来的,忙倾身扶起她:"是不是很疼?"

不料,他被陆星辰一把推开。

女孩深恶痛绝地瞪向他,眼睛虽然红红的,但已经没有了泪水的痕迹。

"你逞什么能?你已经受伤了!"夏樊有些气,重新靠近她。

"跟你没关系!"陆星辰再一次推开夏樊,语气里充满了厌恶,"我不需要你可怜我!"

没有任何一个时刻,比她现在还要讨厌眼前的这个人。今晚之前,她对他还抱有幻想,她不愿意相信曾经温柔善良的少年变得那么蛮横无理,她以为他善良依旧,在同学面前维护她,真的只是见不得她被别人欺负,可如今看来,她必须接受这个事实——他已经不是她当年认识的夏樊了。

"这里除了我没有别人,我不帮你,谁帮你?"夏樊也有些气恼,没有再碰她。

他以为她疼痛难忍,自己必定站不起来,可没有想到,她真的不需要他,挺直脊背在他面前站了起来。

陆星辰势要和他划清界限,眼睛直勾勾地盯着他:"就算全世界的人都消失了,我也和你没有任何关系!"

其实,说出这样的话,连她自己都觉得难过。

只有自己知道,拿着那块记忆的橡皮擦擦掉过去那些美好的回忆,有多不舍,多遗憾。明明他们还有机会像过去一样成为朋友的啊,为什么连她那一点点的期待都要抹得一干二净?

夏樊木讷地望着她艰难行走的背影,心里一阵空落落的,他像个做错了事却没有机会认错的孩子,难受极了。

不知道出于什么心态,他冲着她的背影大声地喊出了她的名字:"陆星辰!"

是愤懑,是失望,还是难过?

一开始,明明是他站在上风的位置,明明是他主宰着她去留的命运,如今他反倒成为被丢下的那一个!他不愿承认是自己一直狠不下心,也不愿接受她从头到尾都不需要他。

夏樊目不转睛地盯着那个远走的背影,企图对方能给他一点儿回应,可陆星辰置若罔闻,头也不回。

他又恨又难过,这种不被她需要甚至被她无视的感觉,真的很差劲。就像小时候她嘲笑他是什么都不会的城里小少爷那样,再不服气,都无力反驳。

那天晚上,夏樊不知道自己出于什么心理,回家的路上鬼使神差地走去了收垃圾的老伯的住处。

因为是条小巷子,夜晚的路灯有些昏暗,他看着一扇扇紧闭的木门,耳听时不时传来的狗吠声,他的心里也有那么一点儿慌。他不经常来这里,只是开学第一天遇到老伯吃力地推着满车的瓶瓶罐罐就顺手帮了忙，便和老伯认识，才知道这个地方。

"嘿，小伙子！"身后忽然传来一个苍老的声音，吓了夏樊一跳。

他看到是自己认识的老伯才收起了慌张的神色，向对方问了声好。

"还真是你啊！"老伯眯着眼，笑得慈祥，"你怎么会在这里？"

"我……"夏樊一时无言以对。

"这个时间，学校早放学了，你不回家，跑来这儿干什么？"

"就要回去了。"夏樊笑得有些憨，摸了摸后脑勺儿说，"我就是过来看看您，听说您生病了？"

"胡说！我好着呢！"老伯笑出了声，"你们这个年纪的孩子，就爱胡说！你肯定不是来看我的吧？"

夏樊有些难为情，干脆坦白："老伯，我有个同学一直在找您，我就是想来看看您还住不住这儿……"

看来，只有被人逼着，才有勇气直面自己的内心。

老伯思索片刻，说："你说的是陆星辰吧？"

"你怎么知道？"夏樊惊呼。

"一中的学生里，应该只有星辰会找我吧。"老伯咧嘴一笑，伸手拍了拍夏樊的肩膀，"不过话说回来，星辰这孩子怪可怜的，你看着也不坏，在学校多替我照顾照顾她！"

"她……怎么了？"

"这孩子小的时候，不知什么原因她的妈妈离开了她和她爸爸，后来爸爸也溺水身亡了，一下子失去双亲，怪可怜的。"老伯一脸悲悯，拍了拍夏樊的肩膀，语重心长地说，"星辰挺不容易的，你可别欺负她啊！"

夏樊一脸愕然，原来陆星辰不仅没有找到母亲，连父亲也去世了。他还记得当年那顿美味的葱花蛋，还记得那位热心的叔叔……明明那么真实的记忆，就好像是做了一场梦，人说没就没了。

老伯看了一眼若有所思的夏樊，意味深长地笑起来："你放学不回家，该不会是特地来打听星辰的情况的吧？"

夏樊回过神来，赶紧否认："才不是！既然您好好的，我就先回家了。"非常心虚的口吻，连自己都没有察觉极速逃跑掉的自己有点儿反常。

"这小子，还没跟我说星辰为什么找我，就跑了。"村长背着手喃喃自语，看着夏樊的背影，忽然笑了。

087

第二天早晨，夏樊到学校发现自己的书桌和椅子都不见了的时候，才知道陆星辰不过是凭借着桌子和椅子叠在一起成功翻墙的。

帮夏樊去找桌椅的章明晨走在夏樊的身边，忍不住打趣："昨晚那女生陪你一起翻墙走的？你们在教室待了多久啊？非得爬墙走？该不会……"

回想起昨天晚上的事情，夏樊有点儿烦躁，漫不经心地说了句："你一天不胡说八道会死啊？"

章明晨挑了挑眉，继续说："我只是觉得，你对她有点儿不一样？"

夏樊哼了一声，不作答，扛着书桌朝教室走得更快了，不巧在上楼梯的时候遇到了刚刚来到学校的陆星辰。

陆星辰穿着新发的校服，没有像平时一样扎着马尾，而是任由长发垂落在胸前，她甚至有意把两侧的头发拨到眼睛附近，好挡住红肿的双眼。这样的细节还是被夏樊注意到了，他盯着她那红肿的眼皮和两个深深的黑眼圈，若有所思。

他以为陆星辰至少会因为看到他停顿一下，没有想到对方视他为空气，径直上了楼梯。她的脚因为受了伤并不利索，但依旧走得很快，看得出来她是因为见到了他而故意加快了脚步。

这么一来，夏樊更烦躁了，她凭什么无视他？

"陆星辰！"夏樊置气一样放下桌子，桌脚与地板碰撞在一起发出了尖锐的声响，站在一旁的章明晨被吓了一跳。

陆星辰停下脚步，站在楼梯上背对着他。

夏樊盯着她的背影不忿道："你以为你这样我们就一笔勾销了吗？"

陆星辰缓缓转过身，面无表情，声音低低的："你放心，我答应过你的事情会做到的。"

说罢，她转身一瘸一拐地上了楼。

夏樊气急败坏地踢了一下身旁的桌子，对着空气气呼呼地喊道："骗子！"

她答应他的事情从未做到。

陆星辰岂会看见，夏樊被她的决绝气得像个孩子涨红了脸，面对空荡荡的楼梯，他愤然又无措。

为什么会变成这样？明明是他一点儿一点儿地推开她的，如愿以偿之后却没有想象中的开心。

"她骗你啥了，让你那么生气？"章明晨不解地望向夏樊，安慰性地拍拍夏樊的肩膀，笑意渐浓，"她骗你感情了？"

夏樊恼羞成怒，瞪了一眼章明晨，自顾自地扛着桌子走了。

自此以后，陆星辰见到夏樊，都会退避三尺。她讨厌他，也惧怕他，或者说她惧怕一中的任何一个学生，他们看起来像一个个无所畏惧的勇士，她惹不起，只能躲着。

只是陆星辰没料到，有些人对自己来说就像是手掌上纠缠的曲线，躲得再远，终有相遇的时候。

那天，肖雪泥为了感谢陆星辰一个人值日，特地邀请陆星辰到她家里做客，正巧她的父亲从外地带回了很多海鲜，顺便让陆星辰尝尝鲜。

可陆星辰想起夏樊和陶思说的那些话，本能地以自己周六要去医院看望爸爸而拒绝了。

肖雪泥不是死脑筋，灵机一动说："不如我周六上午陪你去医院看望叔叔，下午你和我一起到我家吃海鲜。"

陆星辰闻言，忽地想起父亲离开她的那一天，夏樊曾经到她家做客，一股抵触心理泛上来，她慌慌张张地拒绝："不！不用了！我爸爸不太喜欢我带同学去看他！"

肖雪泥惋惜道："我一般都不叫同学来我家做客的呢，你是第一个哦！可是你又有事……"

"这样啊……"陆星辰动摇了，或许她不该因为别人的话而质疑她的朋友。

肖雪泥重重点头，眼神坚定。

陆星辰心想，算了吧，她自己也曾因为夏樊而欺骗过对方，何必太计较呢？要论对错，她自己也隐瞒在先，错在先呀！

她说："那这样吧，我周六去你家，周日再去看我爸爸。"

"这样会没关系吗？"

"应该没关系吧。"

"星辰，你真好。"肖雪泥一把拥住了陆星辰。

这是无法拒绝的热情，甚至能从对方清澈的眼眸里看到前所未有的欢喜与真诚。

是真诚啊，来自朋友的真诚。

就这样，一个纯粹的眼神就能牵引着她在一半渴望一半怀疑的情绪中选择原谅。

陆星辰想了想，委婉道："不过以后你不用那么客气的，就算你单纯地不想值日，我也可以一直一个人值日的。"

肖雪泥听出了陆星辰的言外之意，她除了真的不想值日之外，更重要的是想试探陆星辰是否会像陶思那样，表面对她一套，背后对她另一套。

如今这个结果,陆星辰显然比陶思坦诚多了。肖雪泥把脑袋靠在陆星辰的肩膀上,撒娇:"我不管,反正你就是天底下最好的陆星辰!"

陆星辰笑了。她想,因为你,我才有机会成为那么好的陆星辰。

第四章
抓住线索的尾巴

1

周六的中午,陆星辰的脚伤已经好了,她依照着手里的小纸条上的地址来到肖雪泥家附近时,恍然有一种当年初到凰城的感觉。

那时苏话说"我们住的地方可没这些高楼大厦那么华丽",她便以为所有人家里的房子都不比大街上那些耸立的高楼,如今眼前一幢幢欧式别墅坐落在苍翠欲滴的山腰上,生生地纠正了她的想法,甚至令她有些望而却步,因为肖雪泥的家就在这些别墅里。

陆星辰按着门牌号找到了肖雪泥家的别墅,三层楼高的乳白色建筑矗立在那些两层楼高的别墅中特别显眼,其实从她没开始对应门牌号时就已经注意到这一幢与众不同的建筑——每一个窗户四周都围绕着精美的条状雕花,顶层是三角屋檐的构造,用砖红色的弧形瓷砖铺叠修饰,为整幢楼增添了几分复古的韵味。而别墅的门口就像一个花园似的,斑驳的围墙上是一片绿油油的爬山虎,围墙内种满了粉紫色的月季,就算站在几米之外,都能闻到鲜花散发出来的淡淡清香。

陆星辰犹豫了半响,朝前迈了几步,忽然发现原来古朴典雅的铁艺门内的草丛里蹲着一只白猫,而后,白猫显然被她的举动吓跑了。

她的视线随着猫逃走的方向移动,别墅的那扇入户门被突然打开,伴随着一个稚嫩又甜美的声音:"喵喵……"

陆星辰循声望去,和肖雪泥寻寻觅觅的目光撞上,对方比她先一步笑了,立即惊喜地跑过来打开铁艺门:"星辰,你可来了!怎么不按门铃呀?"

陆星辰被肖雪泥拉着走进了铁艺门内,她有些尴尬:"我……我也才刚到。"其实她根本不知道门铃在哪里。

迎面扑来的月季花香有些刺鼻,惹得陆星辰连连打了几个喷嚏。

"这花正开得茂盛,适应了就没事了。"肖雪泥关上铁艺门,挽着陆星辰的手臂往屋里走。

陆星辰揉揉鼻子,踏进屋内。

那天陆星辰见到了比肖雪泥还要热情的两个人,一个是肖雪泥的母亲方华英,一个是肖雪泥的父亲肖智强。两位长辈丝毫没有架子,相反热情随和,她从一进门,就被方阿姨拉着入座。

也是在那一刻,陆星辰才发现原来夏樊也在。

男生非常随意地坐在椅子上,微微仰头朝她露出一个坏坏的笑容,好似看穿了她的心思一般，悠悠地抬起手向她问好："陆同学，我们还是又见面了。"

还是……又……

想必他是知道的，这段时间她见到他，就如同老鼠遇见猫，避之不及。她本以为可以一直躲得远远的，没有想到还是这么巧地遇见了。

她应该能想到的，肖雪泥有好东西要和人分享，怎么会忘记夏樊？

"你真的是我第一个邀请到家里的同学。"肖雪泥见状立马上来解释，"夏樊和我认识的时候还不是同学，他光着屁股的时候就经常来我家了，所以，你别误会。"

陆星辰哭笑不得，若是别人还好，唯独夏樊，她从一开始就很清楚这个男生在肖雪泥心里的位置，不用解释她也能明白。

夏樊却听不下去了："谁光着屁股了？"

"害羞什么？就你小时候穿着开裆裤的照片我还看过不少呢！"肖雪泥一边笑一边领着陆星辰到旁边的位置坐下，然后坐在了夏樊和陆星辰之间。

"谁害羞了？"夏樊面红耳赤，本来担心被肖雪泥以外的女生知道了之后也会一同取笑他，可当他的目光时不时落在陆星辰身上的时候，却因为对方一直低着头没有关注他而有些落寞。

她关注了，会觉得羞耻；她无动于衷吧，又觉得不爽。好似只有他一个人陷在矛盾的沼泽里，越挣扎，陷得越深。

"还不害羞？脸都红了呢！"肖雪泥咯咯地笑，伸手拉了拉身旁的陆星辰，兴致勃勃地说："星辰，你快做证，看看夏樊的脸是不是红了！"

"嗯。"陆星辰一直盯着眼前那盘大螃蟹。

她很敷衍，也懒得抬头，就像听着一个非常冷的笑话，都懒得附和。

她凭什么一直无视他？

夏樊憋着一股气："嗯什么嗯？你看都没看，就嗯？"

被拆穿的尴尬，让陆星辰涨红了脸，不是因为惹怒了夏樊，而是生怕肖雪泥会怪她。她慌忙地抬头望向一旁的肖雪泥，正想道歉，哪知肖雪泥面朝夏樊嚷了一句："夏樊！你干吗对星辰凶呀？你怎么知道她没看？"

你怎么知道她没看？

如果你没有一直看着她，怎么会知道她没有看你？

总要有这么一个看似心无城府的人去触碰那些被人故意忽略掉的细节，就像刺眼的阳光被厚重的窗帘挡住了，你可以假装天还未亮，一旦出现一个嫌弃屋子太暗的人把窗帘都拉开了，想继续偷懒装睡，就是一件很困难的事情。

　　陆星辰本能地看向夏樊，莫名悬起了一颗心。

　　这也是她今天为止，那么正式地将目光投到夏樊的身上，不知道要在他慌张又迷茫的眼神中寻找什么，只是当男生躲闪的目光落在她身上又匆匆避开的时候，她的心还是不由得紧了一下。

　　为什么要看她？还像肖雪泥说的那样，一直看着她？

　　一股不知名的感觉堵在她的胸口，想要继续探索，又不敢深入。

　　这时，方华英端着两碗米饭从厨房走出来，打破了两个人的尴尬："雪泥，别和夏樊贫嘴啦，快去帮忙盛汤！"

　　"阿姨，我去吧。"陆星辰立即站起来，想逃离尴尬的处境。

　　"怎么能让你去？你是客人，我去！"夏樊也站了起来，"是吧，阿姨？"

　　方华英笑着迎上夏樊的目光："你这孩子，就是比雪泥懂事。"

　　这时，肖雪泥气呼呼地哼了哼，拉着陆星辰坐下："让他去让他去！他一定是觉得凶了你不好意思。"

　　夏樊非常认真地把每个人的汤都盛了出来，只有轮到陆星辰的时候，有模有样地说了一句："刚刚凶了你的确不好意思，特地给你盛了很多生蚝。"

　　陆星辰看了看自己眼前的那碗生蚝汤，生蚝的数量果然很多。

　　难道太阳打西边出来了？他居然向她道歉？

　　陆星辰半信半疑，语气淡淡的："谢谢。"

　　"大家开吃吧，能吃多少就吃多少！不用客气！"肖叔叔笑得随和，说起话来很有领导范儿。

　　陆星辰听班上的女生讨论过，肖雪泥的爸爸是某个大公司的老板，现在一看，是很有老总的样子，但是没有她们说的老总架子。

　　方华英看了看依旧未动的陆星辰，贴心道："星辰，别害怕，在我们家不用那么拘谨的，汤要趁热喝才鲜哦！"

　　"好，谢谢阿姨。"她不是害怕，只是从小就没吃过大螃蟹，不知道等一会儿要怎么吃，才不会显得难堪。

　　陆星辰拿着汤勺，象征性地往嘴里送了一口汤，小脸瞬间皱成了一团，恨不得立即吐出来。

　　可她抬头就迎上方阿姨那张期待的笑脸，心里已经知道这是怎么回事，不想让长辈太难堪，也不愿意张扬这件事情，强忍之下，反被真的呛到了！

　　陆星辰终于崩溃地咳嗽起来，嘴里的汤全都喷到了自己的衣服上，她一边咳一边抱歉地看着对面的方阿姨，说不出一句话。

越是想要开口就被呛得越厉害，陆星辰想起身找洗手间，不料撞翻了眼前的生蚝汤，衣服和裤子都被洒湿了。

肖雪泥赶紧跑去拿纸巾，方华英则关切地跑过来轻轻地拍着陆星辰的后背："星辰，你没事吧？"

陆星辰连连摆手，抬头间，无意瞥到不远处的夏樊正是一副诡计得逞的模样，更是笃定了是他在搞鬼。

他哪里会那么好心向她道歉？不过是借着盛汤的机会往她的碗里加了大量的盐罢了。

"怎么好端端地会被呛到呢？"肖雪泥拿着纸巾过来替陆星辰擦衣服。

因为你的竹马往我的汤里加了很多盐！

不不不，我怎么能够告诉你他有多坏？毕竟连我自己都不知道他为什么只针对我啊！

陆星辰有苦难言，摆了摆手，咳了好一会儿才能完整地说出一句话："我就是……就是突然被呛到了。"

"该不会是你觉得阿姨煲的汤不好喝吧？"夏樊不嫌事大。

"没有，阿姨的汤很鲜很好喝。"陆星辰赶紧解释，暗暗瞪了一眼夏樊。

夏樊立即收回视线，憋着满脸的笑意。

"哎呀，星辰你的衣服都湿了，我带你上楼换一件吧。"肖雪泥说着，就拉着陆星辰上了楼。

肖雪泥的房间是很可爱的公主房，粉色蕾丝与玩偶主场的卧室散发着浓浓的少女气息，陆星辰羡慕着眼前的一切，接过肖雪泥随手从衣柜抽出来的一条裙子，踌躇了一会儿才说："只有裙子吗？"

已经很久很久没有穿过裙子了，和裙子有关的记忆，全是妈妈。

陆星辰小的时候，不像同龄女孩子那样喜欢穿裙子，白然却总是喜欢把她打扮成一个小公主，给她买各式各样的蓬蓬裙，很少给她买裤子。直到有一次遇到梅雨天气，裤子没干，陆星辰又不愿意穿裙子上学，就一直跟妈妈闹情绪，不管妈妈怎么劝她就是不愿意上学。这件事之后，白然再给陆星辰买新衣服的时候都是顺着她喜好去买了。

想起这些回忆，陆星辰忍不住一阵鼻酸。

"我的裤子肯定不适合你穿，你又不胖，裤子都是我有点儿胖的时候买的！"肖雪

泥有些难为情。

陆星辰低头瞅了瞅手中的裙子，什么也没有说，肖雪泥见状立即握住了陆星辰的双手，愧疚感填满了她的眼眸："星辰，真是对不起。我本来想着如果你在，夏樊就不会嫌弃我老缠着他了……没有想到却搞成这个样子……对不起啊！"

陆星辰诧异地皱了皱眉，一瞬间后又觉得理所当然，就像被公布错了获奖名字，经历意外获奖的喜悦后，又面临着被告知其实获奖人不是她的失落。她能理解这其中的乌龙，是自己太瞧得起自己了。

"和你没关系。"是我自作多情地以为你真的只是想邀请我来你家，原来只不过是个挡箭牌，和谁都没有关系。

陆星辰努力挤出个安慰性的笑容，拿着裙子，朝洗手间走去。

出来的时候，肖雪泥已经不在房间，陆星辰木然地站在落地镜前，细细地打量着镜子里的自己，白色的收腰长袖连衣裙让她的身材显得更加高挑，乌黑的长发落在她的胸前，衬得裸露在空气中的皮肤分外白皙。

是不一样的自己，甚至有些陌生的自己，就像穿上了水晶鞋的灰姑娘，裙子把她衬得像一个公主。

"夏樊！你别这么说星辰！

"本来今天星辰要去医院看她爸爸的，我好不容易说服她来我家，你对她客气点儿！

"我哪有骗你！是星辰亲口和我说的，她本来今天要去医院看她爸爸的，不信你去问她！

"什么？不可能吧！她不会骗我吧？"

……

楼下传来的声音，全是肖雪泥激动得尖着嗓子喊出的声音，有点儿嗲，像撒娇，又像真的生气。

陆星辰走到门口，无意瞟到桌子上的一条金项链，明知道别人的东西不可以乱碰，还是被上面那个熟悉的吊坠吸引了过去。

吊坠是很俗的一半心形，上面刻着被切割了右半边的"苏"字。苏话也有这样一条项链，正巧和眼前的吊坠拼起来是一个"苏"字。陆星辰以前也问过苏话，上面刻着的是什么字，苏话没有隐瞒，直截说是"苏"字的右半边。

陆星辰很郁闷，肖雪泥为什么会有这样的项链，"苏"与肖雪泥，有什么关系？

"星辰！你好了吗？"楼下又传来肖雪泥的声音。

陆星辰心虚地放下项链，匆匆走出门："好了。"

下楼时，陆星辰迎向大家诧异的目光，有些不自在。

"好看！"肖雪泥惊喜道，眼里满是赞美。

"看来咱们雪泥的衣服，很适合星辰呢！"是方阿姨的声音。

陆星辰羞涩地笑笑，目光不经意游到夏樊身上的时候，她立即拉下脸，坐回到自己的位置。

实在太讨厌那个人了！

她看着眼前剩下的那半碗汤，满满的厌恶情绪被压抑在胸腔，抬头迎上方阿姨温和的笑脸，又不得不故意做出一副很喜欢现在这个气氛的样子。

"都是一样的裙子，谁穿都一样。"像一句玩笑话，传到陆星辰的耳朵里，却带着刺。

"你的意思是，我穿起来也很好看？"肖雪泥没有抓到重点。

"嗯。"夏樊迟疑了一会儿，显得有些无奈。

"那是我穿着好看，还是星辰穿着好看？"

"当然是你呀！"毫不犹豫的答案，其实是男生刻意提高了分贝说给某个人听的。

陆星辰知道，他是故意的，但还是忍不住去在意这样的"结论"，因为连自己都觉得自己像站在白天鹅旁边的丑小鸭，只会被白天鹅衬得更丑更自卑。

"都好看，都好看！"肖叔叔笑呵呵地打着圆场，"小孩子就是话多，快把小龙虾和大螃蟹吃了，别只顾着聊天啊！"

很不愉快的一次聚餐！所以等到午饭结束，陆星辰和肖雪泥随便聊了几句，便以"还是想早点儿去医院看爸爸"的借口离开了肖家。

肖雪泥送走陆星辰之后，立即抓着坐在沙发上看电视的夏樊八卦起来："你刚刚不是说星辰的爸爸已经去世了吗？可是星辰怎么和我们说她要去医院看爸爸呀？"

夏樊怔了怔，其实他也在疑惑，反复回忆陆星辰说要去医院看爸爸的场景，女孩干净白皙的脸颊上，分明浮现着认真和迫不及待的情绪，不像说谎。

没等夏樊回答，方华英就把电视机的音量调小了，神情严肃地看着夏樊说："是啊，小樊，事情还没搞清楚，可不能拿别人爸爸的生命开玩笑啊！"

"夏樊，你是不是弄错了？"肖智强也跟着皱起了眉梢，语重心长，"不管是不是真的，这都是星辰的隐私，你们两个没经过当事人的允许可别到处说。"

肖雪泥好像没有听到父母的话一样，心急地摇晃着夏樊的手臂："夏樊，你倒是说

话啊!星辰是不是在撒谎呀?"不是因为她八卦,她只是想知道陆星辰有没有欺骗她。

夏樊被她晃得有些头晕,索性从沙发上站起来,一本正经道:"我觉得叔叔说得有道理,不管是不是真的,这是别人的隐私,我们都不应该往外说!对了,我还有事儿,先走了!"

"喂,你就这么走了啊?"肖雪泥连忙站起来,一副恋恋不舍的模样。

夏樊点点头,咧嘴一笑:"叔叔阿姨再见!"

话末,他也不顾肖雪泥的挽留,一溜烟地跑了。

肖雪泥闷闷地噘着嘴,坐回沙发上很快陷入了沉思。她了解夏樊是一个什么样的人,他绝对不会无中生有,可如果夏樊说的是事实,陆星辰就是在撒谎。

她原以为,陆星辰和别人不一样,其实也都是一样的吧。

午后的阳光笼罩着整座城市,秋天的天空干净得半透明一般,鱼鳞片一样的几朵白云飘向远方,渐渐淡出视线,以及扑鼻而来的被秋风轻轻扬起的尘土的气味,是令陆星辰熟悉的、安心的这座城市的气息,褪去束缚的铠甲,她终于松了一口气。

不知道走了多远,她听到有人在叫她:"喂!陆星辰!"

混合着车道上的汽笛声传来,她分不清是谁的声音,忍不住停下脚步,回头。

出乎意料地,出现她避之不及的人——夏樊。

阳光下,男生眉宇间的俊逸清晰可见,浅蓝色的长袖牛仔衬衫被他很自然地捋起袖子搁置在前臂中间,手腕上那枚黑色的运动型腕表为他这一身斯文的打扮增添了几分阳光的味道,帅气又随意。

像是本能反应,陆星辰立刻转身加快了脚步。说不清是怕他,还是烦他,她只觉得抵触的情绪因为他的出现越来越浓。

夏樊还是追了上来,讥诮道:"你和雪泥不是好朋友吗?怎么还撒谎骗她?"

"什么?"陆星辰紧锁眉梢,怎么都甩不掉这个人,有些烦,"你不要乱说!"

"我哪里乱说了?刚刚不是你说你要去医院看你爸爸的吗?大家都听着呢!"

"我又没有骗她!"

"可是你爸爸不是……去世了吗?"

去世。

这两字如同硕大的石头狠狠地砸在陆星辰的心头上,她猛然停下脚步,回头就冲夏樊大吼起来："我爸爸怎么样关你什么事？你烦不烦啊？"

夏樊被陆星辰激动的反应吓到了，他看着她紧紧皱起的眉梢、微红的眼圈，以及小小的脸蛋因为过于激动而涨得绯红，不敢再吱声。

陆星辰没办法无视夏樊刚刚说的话，她紧紧地攥起裙摆的一侧，指甲隔着棉质布料陷入肉里，感觉不到疼。长久深藏在心底的悲痛与这些日子积攒下来的委屈，全在这一刻曝光在太阳底下，使得她潸然泪下。

夏樊震惊地瞪大双眼，慌慌张张地说："你……你别哭呀！"

陆星辰一下一下地抽泣起来，故作镇定地说："夏樊，我爸爸在医院，他没有死……"

女孩的声音，认真且委屈，就像沉沉坠入男孩心间的石头。

眼前的这一幕，让夏樊无法判断到底是怎么回事，到底谁在说谎？

陆星辰见夏樊没有任何反应，莫名地紧张起来，她举步向前，一边握起拳头捶打在他的胸腔上，企图他能给她一点儿回应，一边疯了似的喊道："我爸爸没有死！我说了我爸爸没有死！他没有死！"

夏樊这才回过神来，胸口传来的疼痛迫使他去制止住女孩的双手，然后以比她更高的音量安慰她："我知道，我都知道……"

其实他什么都不知道，可陆星辰还是因为听到他这样的回答而松了一口气，她不再打他，含着泪可怜巴巴地看了他一眼，便缓缓蹲到了地上，抱着膝盖埋着脸，断断续续地哭了起来。

大街上，三三两两经过的路人都会朝他们投来好奇的目光。夏樊顾不上那些眼光，看着女孩微微颤抖的肩膀，小声地说了一句："对不起。"

他不知道她在过去的人生里发生了什么，看到这样子的她，只觉得一阵接一阵地难受。最后，他还是没忍住，缓缓蹲到她的面前，伸手轻轻拍了拍她的脑袋，用前所未有的温柔口吻对她说："我带你去找收垃圾的老伯好不好？"

果然，这一招很有效。

陆星辰的抽泣声渐渐变小直至消失，她噙着满眼的泪水难以置信地抬起头："真的？"

说话间，她还抽噎了一下，声音也是沙哑的。可突如其来的惊喜，还是令她暂时忘记了刚刚的伤痛。

夏樊望着女孩湿漉漉的脸蛋，忍着想要替其拭去泪痕的冲动，非常认真地点了点头。

"走吧。"他朝她伸出一只手,眼里多了一丝温柔。

陆星辰望着那只宽大的手掌,犹豫了一会儿,还是选择了自己站起来:"你先走,我跟在你后面。"她渐渐恢复以往的冷淡,哭过之后的鼻音有些重。

夏樊收回一手的空气,干笑了几下,心情却是舒畅的。

他大概是享受现在这样的一个场景,他走在前面,只要回头,就能看见离他一米之内的她,无论他走到哪里,她的视线也总会落在他的身上。

刚刚好的距离,刚刚好的我和你。

绕过大大小小的巷子,旧砖墙和斑驳的木门散发出一股极具年代感的气味,随着脚步数量的叠加,是比周遭还要安静的巷子深处。

"到了。"夏樊轻轻开口,回头看了一眼陆星辰。

陆星辰上前一步,以恰到好处的力道敲门,良久后,门被打开,迎上村长布满皱纹的倦容。

"村长,不好意思,打扰到您午休了吗?"陆星辰面露尴尬,心里想的却是夏樊居然没有骗她。

夏樊听到这个称呼,才明白陆星辰和老伯的关系,难怪他总觉得老伯有些眼熟,现在想来一定是小时候在那个村子见过的人吧。

老人见到她,有些惊喜,脸上的倦意散去,换上慈祥的笑容:"星辰,你怎么来了?"

话末,老人才注意到站在陆星辰身边的夏樊,没等陆星辰回答,他便知道怎么回事了。

夏樊礼貌地打了声招呼,村长笑着点点头说:"上次我还没问你星辰找我有什么事,你就溜了,我还惦记着这事呢!"

"上次?"陆星辰奇怪地看向夏樊。

"没什么!说了你也不知道!你找老伯干什么,赶紧说!"夏樊含糊其词,生怕被她知道他曾为了她偷偷来过这里。

"有什么事,进屋里说吧。"村长缓缓开口,将木门敞开了。

老人住的这个屋子,很简陋,布局有些像当年村子里的老房子,厨房和客厅连在一起,能看到一个大大的灶台,旁边堆着一些木柴和一张小凳子,是用来生火的。

"前阵子,我儿媳妇要生了,我就跟学校请了假,这不刚回来这边,想休息几天再工作,你们就来了。"村长一边说一边给两个人倒茶。

"因为我实在等不及了！"陆星辰接过茶，连"谢谢"都忘了说。

"这么着急？"老人有些惊讶。

"村长，你知道我的外公外婆在哪里吗？"

"怎么回事？难道苏话真的没有带你去找你的外公外婆吗？"

"没有。"陆星辰坦白，一口气把这些年和苏话在一起发生的事情全都告诉了村长。

"这样啊……"村长陷入了沉思，不明白苏话为什么没带陆星辰认亲，但白松夫妇并不好找，"现在的他们几乎常年不在凰城，至于去哪里了，我也不知道。"

"那……他们什么时候会回凰城？"陆星辰像是好不容易抓到了一根救命绳索，非常害怕绳子会忽然断掉。

"他们回凰城是不定时的，而且，后来他们搬新家了，我也不知道搬去了哪里。据我所知，你刚离开村子的那两年，他们会经常到村子里找你，不知道这两年还有没有去过。"

村子……这是唯一的希望了吗？可她要怎么回到那个土生土长的地方？苏话不允许她去找那两个人，更不会给她买车票。

村长看得出陆星辰很失望，安慰道："丫头，你别难过，如果有他们的消息，我会第一时间告诉你的。你一定能找到妈妈的。"

一定能找到的。

她曾无数次这么告诉自己，可日子一天天过去，得到的全是失望。

整个过程，夏樊一句话也没有说，他看着陆星辰心不在焉地离开，生怕她会出什么事情，赶紧追上去，没走两步又突然想起了什么，马上掉头跑回到村长的面前。

"老伯，你不是说星辰的爸爸去世了吗？"徘徊在他心间已久的疑惑，他终于有机会说出来了。

"是啊，怎么了？"

"她来之前，她说她要去医院看她的爸爸，可你不是说……"

村长听完，微微叹了一口气："唉，星辰生病了，据说是心因性的选择性失忆症。她一直在逃避这件事情，活在爸爸没有去世的想象里。"

夏樊听得目瞪口呆，记忆中，妈妈摔伤前就在打电话，当时妈妈对电话那头的人说陆星辰可能患上了一种什么病，只是还未等他有机会问出口，妈妈就出事了。后来他也慢慢忘记这件事情了。

夏樊回想起陆星辰一遍遍地重复着"我爸爸没有死"的场景，只觉得一阵心疼：

"那怎么办？"

"这是个心病，或许，她心心念念的母亲出现了，她就能释怀父亲的死了。"村长拍了拍夏樊的肩膀，"所以我才会让你平时在学校里多照顾她。"

夏樊恨不得挖个地洞钻下去，他平时没少欺负她，想起她眼泪汪汪的模样，心更像被刀绞一样难受。于是，他马不停蹄地追了出去，看着女孩单薄的背影大声喊了起来："陆星辰！"

狭长的巷子上空，回荡着男孩因为愧疚而难过的声音，他疯了一样朝她跑去，没等她回头，就已经伸手抓住了她的手臂，在她面前气喘吁吁。

对不起……他真的很想认真地对她说这三个字。

但这三个字，对她来说有什么意义？语言在残忍的现实面前，总是显得那么苍白无力，并不能改变一些什么，这一点，他比谁都清楚。

"有事？"陆星辰奇怪地看着夏樊，只见男生表情复杂，目光灼灼，渐渐地，那双眼睛像起了一层雾，失去了焦距一般，她不确定他是不是看她看得入神，还是在思考什么。

陆星辰低头的时候看见他抓着她的手臂，不禁皱了皱眉，她本能地挣脱，却挣脱不了。

"我……"夏樊顺着陆星辰的目光落到自己的手上，才意识到自己的突兀，立即收回手，支支吾吾道，"你……你要去哪里？"

"干吗要告诉你？"陆星辰觉得莫名其妙，他是怎么了，突然那么关心她的去处？

"干吗不告诉我？我都把你带到你想来的地方了，你就应该告诉我！"男生理直气壮的样子有些可爱，像个想要交换礼物的小孩儿。

"回家。"陆星辰没有隐瞒，继续向前走。

"你不去找那谁吗？"夏樊追了上去。

"我没钱买车票。"陆星辰有些失落，如果能解决这个问题，她就不会苦恼了。

"我有啊！"

"你有是你的，又不是我的！"陆星辰朝他翻了个白眼，有钱就是好啊，就是了不起。

"可以是啊！"夏樊连自己都没有注意到自己的语气是如此理所当然。

陆星辰讶异地望向夏樊，总觉得刚刚那句话怪怪的，她不解道："什么？"

夏樊才发觉自己的心直口快带来了没必要的尴尬，他有些不自在地抓了抓头，想解释，又不知道要怎么解释，于是憋着满腹的小心思涨红了脸。

后来，他索性抓起陆星辰手腕，二话不说就拉着她一起往前跑。

"喂！你干吗？"想甩都甩不开，男生温热的掌心牢牢地包裹着她的肌肤，从心底荡漾起一丝异样的涟漪，夹杂着踏实与安心的感觉，一并涌上心头。

陆星辰停不下来，只好跟着他一起跑。

逆着光，她能看到男生头顶的发梢随着奔跑的姿势此起彼伏。秋风扫过脸颊，有丝丝的凉意，像是在做梦，可额前冒出的汗液，能让人感觉到这样的场景是真实存在的。

他拉着她跑来了汽车站，然后买了两张回村子的车票。直到很多年过去，陆星辰还保留着那两张票根，那时候的车票还不需要出示身份证购买，陆星辰便偷偷在车票上分别写下了夏樊和她的名字，像是为了证实两个人的过去一般，被她极具仪式感地保存着。

上车的时候，陆星辰有些迟疑，她忽然有些害怕被苏话知道之后的后果，直到后面的乘客催促了一句，她才慌慌张张地上了车。

夏樊选了个靠窗的位置，一坐下去就立即打开了窗户，陆星辰坐在他身边，手里还紧紧地攥着票根，像偷偷摸摸做了坏事一样，车子发动的声音如警报一般让她惶恐。

"要命了，好像要坐几个小时。"夏樊面朝窗外，用力地呼吸着车外的空气。

陆星辰盯着男生的后脑勺儿，恍然想起两个人重逢的场景，忍不住问了一句："你没事吧？"

"有事！"夏樊说话的时候，没有转回头，好像离开了窗外的空气，闻到车里的气味，他就会死掉一般，"我从小就是晕车体质，除了自己家里的车，坐什么车都会难受。"

连肖雪泥家里的车也会不适应，所以总是以各种理由拒绝和她一起上学，不是徒步就是骑自行车去学校。只是开学第一天，他为了帮收垃圾的老伯推车耽误了不少时间，眼看就要迟到了才会匆匆上了有陆星辰的那辆公交车。

陆星辰没料到对方那么直接，愕然道："那怎么办？"

"你跟我说说话，让我分散一下注意力。"

"哦……"可是，该说什么？陆星辰想了很久，才吐出一句，"我不晕车。"

"废话！你要是晕车还能那么淡定？"

"唔。"

"继续说呀！"

"你不是挺讨厌我的吗？为什么要帮我？"

"算了!我不想说话了,想睡觉!"夏樊故作不耐烦地提高了分贝,害怕被人捅破那层好不容易建立起来的掩盖真相的蒙版,如果可以,他希望一直都不要想起从前的事情,可以一直像现在这样和她友好共处。

陆星辰一阵莫名其妙,明明是他要求她陪聊的,现在倒好,反倒不耐烦起来了。闭嘴就闭嘴,她本来就不是一个爱说话的人,现在正好合了她的意。

车子一路颠簸,夏樊真的睡着了,他的脑袋靠在椅背上摇摇晃晃,终于在车子急转弯时重重地落在了陆星辰小小的肩膀上。外面的风从车窗蹿进来,她似乎闻到了男生头发上的洗发水香气。

"喂……"陆星辰的心里"咯噔"了一下,动了动肩膀,见对方没有反应,又用手将他的脑袋扶正,可没一会儿,夏樊的脑袋又歪了过来,然后陆星辰又重复着刚刚的动作……几次下来,陆星辰也累了,索性不去管,任由他靠着。

她第一次和一个男孩子靠得这么近,并不像表面上看上去那么波澜不惊,就算是这样迫不得已的亲密接触,也能让她乱了心跳的节奏。脖子右侧的地方被少年的短发扎得有些痒,可她又不敢乱动,生怕吵醒了他,忍不住侧目窥探,只能看见男生高挺的鼻梁和浓密的睫毛。

这家伙睡得可真香。

到达目的地的时候,已经是傍晚六点钟,挂着几颗繁星的天空,在远处泛着淡淡的红光,红光柔和得像起了一层雾,是久别重逢的景色。

陆星辰的肩膀麻得厉害,她使劲儿摇晃着夏樊,才把他弄醒。像是解脱一样,她迫不及待地下车,凭着儿时的记忆快速地朝村子走去。

夏樊迷迷糊糊地追在后面,喊了声:"喂,你等等我!"

陆星辰一边揉着发麻的肩膀,一边不耐烦地回头:"快点儿!"

夏樊加快步子,傍晚的凉风吹走了大脑里残存的睡意,他揉揉眼睛,看清眼前的景物时,开始后悔了。

村子还是原来的那个村子,只不过当初的黄泥土路变成了水泥大道,除此之外,一切依旧熟悉——坐落在山下的参差不齐的瓦房,炊烟袅袅,以及天边的那一抹红光像极了当年在这儿见过的夕阳,构成一幅祥和的山水画。

一切回归到城市里难遇的安静,记忆的胶卷却在此刻不肯停歇,一幕幕有关这个村子的画面开始翻天覆地地朝他涌来，压抑在胸口的那股不知名的气，憋得他发慌。

陆星辰举目四望，感慨万分："这里还是老样子，像是回到了小时候。"

夏樊默默握起了拳头，无意间瞥到不远处的那一座熟悉的小山丘时，更是无法克制内心的悲愤，他冷笑道："怎么可能回到小时候？"

陆星辰没察觉到夏樊的情绪变化，权当是男生对时光不能倒流的愤慨："如果时光真的能够倒流，你最想回到过去干什么？"

最想回到遇见你之前，不让自己踏进这个村子一步，不让自己去认识你，也不让妈妈有发生意外的机会！

夏樊静默了半晌，不答反问："你呢？"

陆星辰将视线从夏樊身上移到远处，酸楚道："小时候，我认识一个男生，他是城里人，可村子里的人都说城里人不好相处，我以为他也一样，谁知他比我的同学还要热情，还要善良。我跟他说我妈妈不知去了哪里的时候，他不但没有像别人一样嘲笑我是个被妈妈抛弃的小孩儿，反而对我说要陪我一起找妈妈……还说什么，等来年夏天，回来陪我过生日。听起来，是不是很好的一个朋友？"说着，陆星辰侧目望向夏樊，满心愧疚，"可是，因为一次意外，我们都掉进了泥坑里，他把我救出泥坑之后，我却没有叫人去救他，如果可以……"

"你为什么没有叫人救他？"夏樊急切地问，这个原因对他来说很重要。

"没为什么。"陆星辰不想再回忆，明显是在逃避另一件事情，她说着就往前走。

"你们是朋友，你连他的死活都不管了？"夏樊直接拦在了陆星辰面前。

她明明是故意结束话题的，没有想到对方那么不识相，惹得她烦躁起来，大声问："你干吗？我还要找人！"被人逼问的感觉一点儿都不好，特别是她不愿意面对的事情。

"你为什么没有叫人去救他？"夏樊的语气咄咄逼人。

"我说了没有为什么！"她忽然后悔提起这件事，冷着一张脸反问，"这和你有什么关系？"

夏樊固执到底："因为我不相信你是那么恶毒的人！"

"我连你在教室睡觉都没有提醒你教学楼要关门了便自己离开，还不够恶毒吗？"情急之下，陆星辰逃一般地绕开夏樊扬长而去。

没有人可以逼她去回忆难过的往事，爸爸还在凰城的医院，爸爸没有死，她只是单纯忘记去救夏樊，就这么简单而已。

"陆星辰！"又是一次被无视的呐喊。

夏樊悲愤地站在原地,看着她下一秒就可以全身心投入找人的事情中去,忍不住苦笑起来。

为什么他还要一直为她找借口,企图她能给他一个合理的解释,然后说服自己原谅她?为什么她可以那么无所谓而不顾他的感受?

那个傍晚,对夏樊来说非常糟糕。因为触景生情想起卧床不醒的母亲,他极其后悔自己大发慈悲地把陆星辰带回到这个地方,于是不帮她找人也不和她说话,看似他是在和陆星辰赌气,其实不过是在和他自己置气罢了。

陆星辰也没有理会夏樊,挨家挨户地询问白松夫妇的下落,随着一次次不尽人意的结果,她的脸色也越来越黯淡。

直到天暗下来,远处收起了最后一抹天光,村子里温馨的灯火亮起,陆星辰终于在村子的尽头缓缓蹲下,强忍着眼泪崩溃地望着夏樊说:"夏樊,我可能以后都找不到妈妈了……"

夏樊站在离她一米之外的地方,心情复杂地注视着她,依然不说话。

他不是不知道,白松夫妇是目前陆星辰能找到母亲的唯一线索,可当她问遍整个村子的人,得到的答案全是白松夫妇已经很久没有到村子找人了,大家都知道这对夫妻是从凰城来的,可没有人知道他们具体的住址。

陆星辰不在意他没有理会她,直接把脸埋入双膝间,像是说给自己听的一样:"你说谁会像我一样,连妈妈为什么要丢下我都不知道?"

长长的哭腔,透着满满的委屈与难过。

"就算她真的是因为想丢下我才离开的,就不能提前打声招呼再走吗?"聚拢在心中的悲伤终于化作液体汹涌出眼眶,陆星辰吸了吸鼻子,稍稍抬起脸摩擦了一下手臂,手臂瞬间一片晶莹。

夏樊发现她哭了,不再无动于衷,他缓缓走到她跟前,看着女孩小小的身子一下一下地颤抖,忍不住弯下腰,僵硬地伸出手想要拍拍她的后背安慰她,却又因为心中那份难以释怀的怨恨缩了回去,最终以一个干涩的声音对她说:"那个……你别太难过了,肯定会有其他办法能找到你妈妈的。"

陆星辰抬起通红的双眼,昏暗的天空底下,是站得笔直的夏樊,他的表情被暮色柔和了不少,虽然声音有些生硬,但那双深邃的瞳孔如同落入了点点星光,安慰着她。她记得,这样的眼神,也曾在寒冷的冬夜里点燃了她的希望。

那些美好的旧时光不由得令她的鼻子微微发酸,她带着浓重的鼻音问:"真的会有其他办法吗？"

"肯定会有的！"夏樊重重地点头，认真的表情成功地安慰了陆星辰。随后，他想到了什么，故作不满地说，"我可是明知道回不了家还陪你来这个地方的，现在你倒好，才遇到一点点困难，往这儿一蹲，眼圈一红，就想放弃了！你这样对得起我吗？"

他就这样原谅她了，以一种不太优雅的姿态去计较另一件事情，就像把一块黑布覆盖上另一块黑布，可以假装之前的一切都不存在。

"你说什么？"陆星辰一脸错愕。

"什么说什么？"夏樊无奈地叹了一声，"这又不是大城市，这么晚了根本没有车回凰城！"

"那怎么办？"她不是在问他，是在问自己该怎么向苏话解释。

她不回家，苏话一定会担心，没准儿还会大发雷霆。

陆星辰开始焦虑："你是不是有手机？能不能借我打个电话？"或许能给苏话报个平安也是好的。

"我又不是网瘾少年，天天带着个手机。"夏樊耸了耸肩，语气非常不好，"鬼知道今天会出远门。"

"如果今晚住旅馆，我们明天就没有钱回家了！"夏樊低头瞥了一眼陆星辰，又说，"还有更糟糕的，除了明天的车票钱，只剩五毛钱了，也就是说我们要挨饿到天亮，坐车回到家才有饭吃！"

"对不起。"除了"对不起"，她不知道还能说什么。

果然不能一时冲动就出远门啊！难怪苏话总是对她说，要考个好大学找到一份好工作，才有资格去找妈妈，没有钱，什么都做不了！

"你打算一直这么蹲着吗？"夏樊撇了撇嘴，索性另找话题，"你不是在这个村子长大的吗？落脚的地方总该知道一个吧？"

"哦……"陆星辰后知后觉地站起来，因为低血糖的原因，脑袋一阵晕眩。

她凭借着记忆，把夏樊带回到自己的家里，因为常年无人居住，当她打开斑驳的木门后，旧木家具和灰尘的气味混合在一起迎面扑来，气味有些呛人，害得陆星辰一连咳了好几声。屋子里的灯全都坏掉了，凭借着从窗户照进来的月光，她隐约地看见家具上都堆满了尘，跨过门槛走进屋内的时候，还能感觉到迎面撞破了一层薄薄的蜘蛛网。

"太久没有人住了，哪儿都不干净。"陆星辰抬手在脸上抓了抓，侧目看了一眼夏樊，生怕他会嫌弃，又飞快地补了一句，"我把沙发擦干净，你可以将就一晚。"

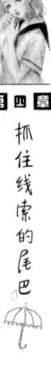

夏樊不是不想帮忙,只是对着客厅里的那张沙发,不禁想起了当年陆星辰被她父亲掐着脖子的那一幕,那时候的他什么都没有来得及想,就不管不顾地扑了上去,一门心思要救她,连脑袋磕到旁边的茶几都忘了喊疼。

夏樊忽然问了句:"你爸爸的病严重吗?"

不知道自己想要听到什么样的答案,好像无论是哪个答案,都让他后悔在这一个地方提起她的父亲。

只见陆星辰手中的动作停顿了一下,没有抬头,脑后的长发垂落在脸颊两侧,看不清她的脸上是什么样的表情。她回答问题的语气倒显得很自然:"一直住院,但是我每次和苏话去看他,他的气色都挺好的。"

"那叔叔在哪家医院?"夏樊明知道不能继续问,还是会忍不住去试探,想知道她的病有多严重。

"我擦干净了,你可以坐上去了。"陆星辰有意回避夏樊的问题,不让夏樊有追问的机会,"我还是回房间打扫床吧,你睡床,我睡沙发。"说罢,她转身要走,却被夏樊一把抓住她的胳膊。

她本能地望向夏樊,清秀的眉梢皱了皱,眉宇间在这一刻浮现出越来越浓的复杂神色,微抿的嘴角透露着几分倔强与冷漠。

男生用的力道并不大,陆星辰轻而易举地挣脱了,她有些气恼,声音有点儿大:"你干吗?"语气里有不淡定,如果光线足够明亮,就能看到她的眼神里已经被不安填满。

夏樊想起村长说的话,不能刺激陆星辰,于是暗暗叹气,决定放弃追问:"我是想说,不用那么麻烦,你睡沙发吧,我把椅子擦干净,凑合一晚上就好。"

"啊?"陆星辰很意外,但潜意识里紧绷起来的那根弦,终于松开了。

"啊什么?那么多年没人住了,你知道床上有多少灰尘吗?让你睡就睡,那么多废话!"夏樊一边说一边抢过陆星辰手里的衣服,翻了另一面折起来,俯身去擦旁边的一把木椅。

那时候,夏樊竟然有点儿庆幸,庆幸她没有选择忘记他,还好她没有不愿回忆那段属于他们两个人的小时光。

没一会儿工夫,夏樊就搞定了,陆星辰看到他心满意足地坐在椅子上,才往沙发上坐。安静下来的屋子,只听见两个人的衣料摩擦的声音,隔了许久,才听到有人的肚子饿得响了起来。

"唔,好像是我的肚子响。"陆星辰摸着自己的肚子,尴尬地抿了抿嘴。

话音才落下，夏樊的肚子也响了。

他憨笑了一声："这次，是我的。"

"睡觉吧，睡着了就不饿了。"陆星辰说着就往沙发上躺。

她很熟悉这一刻的感觉，从小到大，她只有过一次挨饿经历，就是和夏樊一起掉进泥坑的那一次，没有想到时隔多年，还是和当初的少年重蹈覆辙。

"你后悔吗？"陆星辰的声音很小，但因为这个村庄本来就安静，加上屋子里也只有他们两个人，夏樊能听得很清楚。

他很坦诚，没办法忽略刚下车时的触景生情："有点儿。"

"哦。"陆星辰以为他后悔只是因为帮她导致挨饿或委屈自己睡座椅，内疚道，"不然你睡沙发吧？"

他拒绝了："赶紧睡吧。"

"我睡不着……太早了……"而且也好饿……早知道在肖雪泥家多吃点儿了！一想到她家的大螃蟹和小龙虾，陆星辰忍不住咽了咽口水。

夏樊沉默了许久，忽地站起来，径直朝门口走去。

"你去哪儿？"陆星辰听到动静，立即从沙发上坐起来。

"等我回来。"然后，留下一片寂静。

等待，是一个非常漫长的过程，特别是对缺乏安全感的人来说，更是一种煎熬。

陆星辰许久都未等到夏樊回来，开始坐立不安，她正要出去找他时，在门口与他撞了个正着。

"喂！你出来干吗？"夏樊下意识地往后仰了仰，手里还拿着一个面包。

陆星辰后退一步，有点儿委屈："我……怕你不回来了。"

"神经！我又不是你！"夏樊"哼"了一声，想起陆星辰两次丢下自己，还是会有些气愤，于是没好气地把面包塞到她的手里，"喏，给你的！"

"你哪儿弄来的？"陆星辰拿着面包，又惊又喜。

"去小商店买的！"夏樊说着就往屋里走，坐回到椅子上。

"那你呢？我吃了你怎么办？"原来只是为了出去给她买吃的啊！

"我……我……吃过了。"

陆星辰深知夏樊在说谎，毕竟他和她说过，除了车费就只剩下五毛钱了，而五毛钱根本买不到手里的这种豆沙面包。

她咽了咽口水，决定把面包还给夏樊："我不吃，你吃吧。"

"你赶紧吃!"夏樊佯装不耐烦的样子,抱着双臂侧过身,倚靠在座椅上背对着陆星辰说,"一块钱的面包,我求了老板好久才肯五毛钱卖给我的!你不吃就扔了吧,反正我不爱吃这东西!"

"不要扔!"陆星辰一口拒绝,心里暖洋洋的,她无法想象夏樊是怎样低声下气才求来这个面包的。倘若不扔,就意味着她要独食,一开始她是迫不及待地想要拿它来填饱肚子的,可如今,她反倒舍不得吃了。

陆星辰想了想,打开包装,开始分面包:"这样吧,我们一人一半。"

"我不吃!我不喜欢吃面包!"夏樊嫌弃地说,一个面包才多大?一个人一半,两个人都吃不饱,还不如让一个人吃饱。

"都饿得肚子叫了,还挑食!"他固执,她比他更固执,"你不吃,那我就把另一半扔了。"

"随便!"

陆星辰不再说话,等她吃完了二分之一的面包,直接转身走向门口,夏樊听到她离开的脚步声,猛然起身,紧张地问:"你去哪儿?"

"把剩下的面包扔掉啊!"陆星辰不冷不热地回答,好像在说自己要出去散步一样。

夏樊无奈地走到陆星辰的面前,抢过剩下的那一半面包,气呼呼地说:"真是服了你了!"

说罢,他转身走回自己的位置,不情愿地吃起来。

陆星辰偷偷弯了弯嘴角,浅浅的笑容隐藏在漆黑的夜色里。

是胜利的心情吗?

不是。

更像是自己走着走着突然跌入棉絮里,被温柔以待。

世界的另一头——凰城,夜晚十点整。

苏话在客厅里坐立不安,她想去肖雪泥家找陆星辰,又觉得自己不该贸然地出现在肖家。

三年前,苏话与肖智强有过一次偶遇。

那时,苏话在凰城最繁华的商业地段顶着盛夏的烈日摆地摊贩卖小女生饰品,周围人来人往,一片喧嚣,唯独她所处的位置分外冷清——一张折叠小板凳,一张两米宽的净色帆布上摆着各式各样的廉价饰品,与这座城市的繁华格格不入。

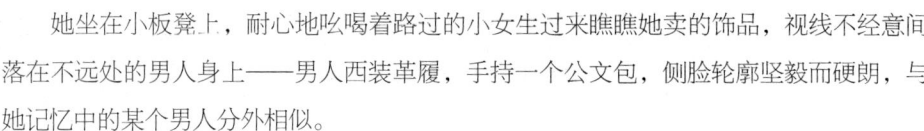

她坐在小板凳上，耐心地吆喝着路过的小女生过来瞧瞧她卖的饰品，视线不经意间落在不远处的男人身上——男人西装革履，手持一个公文包，侧脸轮廓坚毅而硬朗，与她记忆中的某个男人分外相似。

忽然，苏话意识到了什么，担心被那男人瞧见她，立即从小板凳上站起来，正想着转身逃离他的视线，又因为来不及收拾一地的饰品而被迫留了下来。她重新坐回板凳上，把头压得很低，抬起手挡住自己的半边脸，在心里不断地祈祷那人千万不要认出她。

哪知事与愿违，眼前依旧出现了那双黑得发亮的皮鞋，头顶飘落男人又惊又喜的声音："苏话？好久不见啊！你过得好吗？"

话才问出口，肖智强就后悔了。明眼人都看得出来，她过得不好，不然也不用在烈日底下做小本买卖了。

"挺好的。"苏话佯装镇定地站起来，笑容尴尬。这些年来她一直故意躲着肖家的人，不希望和谁牵扯不清，以免给大家造成无端的烦恼，只是没有想到终究还是遇到了。

她又象征性地寒暄一句："你们……过得好吧？"

"也挺好的。"肖智强笑笑。

苏话点头，满脸的心事。其实她有很多话想对肖智强说，有很多问题想问他，可当她迎上肖智强那双炯炯有神的眼睛时，她的关心，她的好奇，全被她咽回了肚子里。

是不该问，毕竟是她当初用钱买断了那一层关系。

哪知肖智强从钱包里掏出一沓人民币，迅速塞到苏话的手中，热心道："苏话，这钱你拿着！以备不时之需！"

苏话连忙推了回去："这钱，我不需要，你还是拿回去吧！"

肖智强知道苏话好强，也没强迫她，从公文包里拿出纸和笔，把自己的手机号码留给了苏话："既然这样，那你就留着我的联系方式吧！以后你有什么困难，都可以找我。"

苏话心想，就算真的有困难，她又岂会真的去找他？

还未等苏话拒绝肖智强，肖智强便以"要回公司开会"的理由提着公文包匆匆离开了。

就这样，肖智强的手机号码一直躺在苏话的手机里，从未被她拨打出去。苏话想了很久，实在放心不下陆星辰，于是拨通了那个从未拨打过的手机号码。

111

"喂，你好……请问是肖雪泥的家长吗？"苏话尽量压低自己的音色，有些结巴，她不知道自己在紧张什么，明知道如果她不自报姓名，对方也不可能知道她是谁，毕竟那么多年以来，她从未与肖智强打过电话，两人见面的次数也不超过两次。

"是的，我是她的父亲，请问您是？"电话那头的男人的声音很有礼貌。

苏话深吸了一口气，强装镇定："我是……我是陆星辰的家长。是这样的，星辰今天中午到你们家玩了，现在还没回来，我想请问一下星辰还在不在你们家？或者你们知不知道她去了什么地方？"

肖智强突然在电话那头沉默了，他眉头微皱，总觉得耳边的女声有些熟悉，却又想不起是谁。

苏话有些急了："喂……您有在听我说话吗？"

男人很快意识到自己的失态，忙说："你是星辰的母亲吧？你好你好！星辰在中午的时候就离开了，说是要去医院看爸爸。"

"她去医院看爸爸了？"苏话大吃一惊，神色慌张。

"是啊！她是这么说的，是不是发生什么事了？"肖智强在电话那头紧张起来，热心问道，"需要帮忙吗？"

"不用不用，没事了……谢谢。"苏话连忙挂断电话，越来越不安的情绪涌上了心头。

这是她迄今为止，最后悔配合陆星辰一起自欺欺人的一次，她不知道陆星辰是不是真的去医院找爸爸，也不知道是不是因为她去医院发现爸爸不在，受了刺激才没有回家。

苏话开始慌了，顾不上想太多，开始一个一个医院地寻找陆星辰的踪影。城市的霓虹灯照亮着微凉的夜晚，她穿梭在大街小巷，奔向所有有可能的医院，每一次看到类似的身影追上去时，迎来的都是满目的陌生与满怀的失望。

4

清晨，天还蒙蒙亮的时候，夏樊就被冷醒了。因为已经进入秋季，南方早晚的气温有些低，他用手掌搓了搓手臂，又揉了揉睡得有些僵硬的脖子，带着一股凉意起身，转头时发现陆星辰还没醒。

女孩在沙发上蜷缩成一团的样子，像只虾，她的侧脸上贴着一缕头发，其余的秀发全都不规则地散落在她的颈脖附近，夏樊看得入神，鬼使神差地靠近女孩，屈膝蹲在她身旁,忍不住伸手轻轻拨开她脸颊上的那一缕发丝,露出一副恬静的睡容。

他本来想让陆星辰多睡一会儿,因为担心她这样睡久了会着凉,便恋恋不舍地唤醒了她。

"好冷。"陆星辰一边说一边揉着惺忪的睡眼。

"回家就不冷了。"夏樊立即站起来,清了清嗓子,他已经感冒了,说话的声音变得有些沙哑。

陆星辰听着夏樊的声音觉得有些陌生,盯着他的背影怀疑道:"你是不是感冒了?"

"你都没感冒,我怎么会感冒?"男生一边说一边大步走出门口,不让她有质疑的机会。

陆星辰见状,赶紧追上去。

一路上,夏樊走得很快,好像担心赶不上车似的,害得陆星辰不得不跟在他的后面跑。

离开村庄抵达汽车站门口的时候,夏樊依旧没有停下等陆星辰的意思,跑得气喘吁吁的陆星辰不得不停下来喘口气,她眼睁睁地看着夏樊的背影消失在车站门口,愤愤地埋怨道:"腿长有什么了不起!"

"美女,在骂谁呢?"不知哪来的几个小混混,拿着易拉罐装的啤酒纷纷围了上来。

陆星辰紧张地盯着他们,只见几个人不约而同地露出一副带着倦意的猥琐笑容,看起来应该是不知道去哪儿通宵鬼混了,才会早早地出现在汽车站门口。她默默攥紧了裙摆,下意识地往后退几步,打算绕道而行时却被其中一个男的迅速上前挡住了去路。

"小姑娘,要去哪儿呀?哥哥们送你去呀!"非常轻浮的腔调,以及男人不怀好意的笑容,令人作呕。

陆星辰淡漠地瞪着眼睛,不说话,一直在和他们僵持着。

因为是清晨,车站外面没有几个人,经过的不过是急急忙忙的赶路人,根本没空停下来看热闹。

许是那些混混被磨得没了耐心,其中一个上前就对着陆星辰动手动脚,陆星辰吓得惊叫了一声,迅速躲开,刚躲开一个,另一个又举步靠近,没一会儿工夫,她就被几个男人逼在一个狭小的圈子里,空气变得稀薄,她能清晰地闻到他们身上的酒精与汗液混合在一起散发出来的恶臭味。

"让开！"陆星辰不愿意和那几张可恶的面孔贴得太近，只好抱着脑袋蹲下。

不知是谁用手抓住了她的胳膊，吓得她大声呼救："夏樊！夏樊！"

明明想要喊"救命"，却在开口的时候不自觉地换成了"夏樊"，好像这个名字比起"救命"更有力量一般，是本能吗？还是害怕他真的就这样头也不回地离开？

"夏樊！夏樊……"她只能一声又一声地呼唤着这个熟悉的名字，绝望与恐惧紧逼着眼泪冲出眼眶，让她忘了去观闻周围的动静，只顾着死死地抱着脑袋，好像这样，谁也伤害不到她。

许久之后，陆星辰喊累了哭累了，声音渐渐变小下来才听到从头顶飘来一个口齿清晰的声音："快别叫了，整个车站里的人都被你叫出来了！"

再也没有比这个声音还要熟悉的男声了，陆星辰终于安心，惊喜地抬起头。

男生背对着黎明的太阳，俊朗的五官清晰地呈现在阳光的阴影里，他咧着嘴笑起来的样子却比那旭日还要温暖，虽然是逆光，但仔细看，还是能看到他嘴角的血迹。

"你和他们打架了？"陆星辰忽然明白了什么，举目四望，才发现那几个小混混已经逃到了远处，车站门口真的站了不少围观的人。

"没打，他们看到人都被你喊出来了，就跑了。"夏樊依旧是笑着的，抬手擦了擦嘴角的血迹。

没有人知道，那一刻他竟然会因为被打而感到满足，说出来或许变态，正是因为挨了打，他才真真切切地感受到自己正在慢慢地成为某个人的英雄，兑现小时候保护她的承诺。

片刻，他朝蹲着的陆星辰伸出了一只手，目光清亮。

陆星辰看了看那只带着些许血迹的手掌，又看看受伤的夏樊，既内疚又心疼，她一边推开夏樊的手，一边站起来没好气地骂道："谁让你打架了？赶走他们就是了啊！"

"我才不会为了你打架，我冲过来救你的时候被他们打的。"因为你在喊我的名字啊，比起受伤，被你需要更重要。就像小时候一样，你骂我是城里的公子哥什么都不会，可我并不是一无是处啊，至少我还会保护你。

陆星辰忍住哭腔，又骂了一句："骗子。"

他是骗子，他骗你说，他不记得你了，不记得小时候那些承诺了，可他还是会因为你被别人欺负而轻易动怒，还是会为了你挺身而出，哪怕长这么大第一次和别人打架是真的很疼。

"真是受不了你，又要哭！"夏樊故作无所谓地擦了擦嘴角，走进车站。

陆星辰收起眼泪，紧跟在后，忍不住和他贫起来："谁让你走那么快？"

"这个季节容易感冒。"夏樊不以为然，侧目问，"我不走那么快你会暖和起来吗？"

陆星辰闻言一怔，才明白夏樊是见她说冷，担心她会感冒，才以这样一种方式逼着她跑步热身的。

夏樊其实是一个又善良又细心的人，偶尔很固执很大男子主义，却都是在关心她。陆星辰不傻，这两天的相处，让她好像找回了年少时的夏樊，只是想起在学校里的日子，又非常苦恼他为什么要处处针对她。

一边想着，陆星辰不解地开了口："你这个人忽冷忽热的，有时候真搞不懂你。在学校的时候那么讨厌我，为什么现在又要帮我？"

这是一个直击内心的问题，面对如此矛盾的自己，夏樊一直在逃避，就像她逃避父亲的死一样，以为假装什么都没有发生过就可以掩盖真相，结果往往是欲盖弥彰。

陆星辰见夏樊不说话，怀疑道："你该不会有精神分裂症吧？"

夏樊侧目望向陆星辰，女孩把两侧的头发别在耳后，干净的脸蛋上微微泛着红晕，清澈的目光中竟是分外认真的神色。

夏樊简直要被她气死，直接朝她翻了个白眼："你才有精神分裂症！"

陆星辰低下头，喃喃自语："明明讨厌我，还把面包让给我吃，看到别人欺负我，应该很开心才对，为什么要冲过来救我……"

"因为……因为只有我能欺负你！"男生丢下这一句话和车票给陆星辰就飞快地跑掉了。

没有人看到他说完这句话之后涨得通红的脸庞，连自己都觉得羞耻、惊讶。突然之间，好像有什么东西开始在心里萌芽了。

因为只有我能欺负你。

只有我能欺负你。

陆星辰反反复复地回味这句话，如同赌气时说出的句子，愤然而不讲理，却又充满了暧昧。一股奇异的感觉爬上她的心头，心里多了一样什么东西，在心间荡来荡去，不安的同时又带着小小的兴奋。

她甚至有点儿喜欢这样的感觉，好像因为这样一句不置可否的话语，让她在这个世界上变得与众不同，或者说，在世界的某个角落，她是与众不同的。

所以，他是什么意思？

她不敢深究，也不愿意作罢，就像在玩拉橡皮筋的游戏，不敢用力过猛怕扯断皮筋

伤到自己，又不愿意无聊地盯着橡皮筋什么也不做，只好默默地把这份感觉藏在心里，任其拉来扯去，也不敢声张。

在返回凰城的大巴上，夏樊一直闭着眼睛皱着眉头，陆星辰好几次都想问他是不是晕车了，刚要开口又觉得自己明知故问，索性什么都不说。

直到抵达目的地，夏樊快速下车对着垃圾桶呕吐了一番之后，陆星辰才关切地问："你没事吧？"

夏樊刻意不去看她，生怕多看一眼，心里的那颗种子就会立即长成参天大树，连说话的声音都不由自主地变低了："我先走了。"

淡漠的语气，隔着不容忽视的距离感。

陆星辰不知道夏樊的态度为什么会忽然变得那么冷淡，她还来不及为了这两天的事情对他说一声"谢谢"，夏樊就已经头也不回地离开了，她憋着一肚子的疑问，冲着他的背影喊出了声音："喂！"

即使声音足够洪亮，男生也没有回头，挺拔的背影在她的视线里渐行渐远。

果然，他还是那个忽冷忽热的人。

失落感油然而生，车站屋檐外的阳光在此时也显得格外刺眼，她闭了闭眼睛，又不禁为他找了个借口，也许是因为他晕车太难受，只想早点儿回家呢？

一定是这样的吧？嗯，一定是。

陆星辰在家门口踟蹰了很久，不敢进门，心中的忐忑不安随着自己在脑海中导演出来的画面被逐渐放大。

直到屋内传来苏话又无奈又急躁的声音："喂，我家的孩子到现在还没回家，我要报警！"

报警……苏话在报警！

陆星辰心一惊，生怕惹出更大的麻烦，什么也来不及思考，直接冲进屋内对着苏话的背影大声喊道："苏话！我回来了！"然后小心翼翼地挤出一个又内疚又讨好的笑容。

苏话闻言转身，眼里闪过一丝惊喜后，又很快地沉下脸，本来想着等见到陆星辰一定要好好开导她，但如今看到陆星辰一副讨好求原谅的模样，她才明白过来陆星辰根本没有去医院找爸爸，她白白担心了一场。

苏话立即挂断电话，气势汹汹地将手机扔到沙发上，忍不住横眉怒目地指责陆星辰:"你还知道回来?你知不知道我找你都找疯了?你要是出什么事,我怎么跟你爸妈交代?"

苏话的声音越来越大,恨不得把满腔的怒火都吐出来,滔滔不绝的责备声充斥着整个屋子,直到她积攒了一晚上的不安与恐惧化作液体冲出眼眶的时候,陆星辰才木讷地上前一步,小声地说了一句:"对不起。"

她总是在对不起别人,又不得不这么做。

苏话的情绪很激动,大步上前狠狠地戳了戳陆星辰的脑门儿:"对不起有什么用?我从昨晚到现在,一分钟都没敢睡!你个死丫头,真的是要气死我了!"

陆星辰忍不住抬眼看苏话,彼时站在她眼前的这个女人一脸倦容,扎着的低马尾已经松散,几缕头发凌乱地垂落在她脸颊两侧,尤其是那两个深深的黑眼圈进一步加深了陆星辰的愧疚感。

陆星辰知道是自己不好,没有反驳,任由苏话责备,其实有时候她甚至希望苏话能打她一下,或许这样两个人心里都会好受点儿。可苏话从来不打她,她说过不是自己的孩子,打起来有罪恶感,因为不让这样的罪恶感发生,她们一直保持着似亲人又不是亲人的关系,看似很亲近,实际上两个人之间总隔着一段刻意表现得很客气的距离,少了对亲人的那种无所顾忌。

不知道过了多久,苏话才骂累了,她疲惫地坐到沙发上,缓缓地开口:"说吧,你昨天晚上哪儿去了?"

陆星辰偷偷瞄了一眼怒气未消的苏话,开始撒谎:"在同学家玩过头了,然后太晚了回不了家。"

"陆星辰!你是不是要我拿刀搁在你脖子上你才肯说实话?"苏话忽然大声骂道,怒不可遏。

陆星辰很少碰到这般生气的苏话,难免有些害怕,说话的声音明显没了底气:"我没有说谎。"

"在同学家里过夜,你就不能借个电话打回家报平安?"苏话冷笑起来,"我记得你和我说你去肖雪泥家做客的吧?她家那么有钱,难道连个电话都没有?"

"我……"陆星辰咬了咬唇,觉得说"忘记了"又显得太草率,一时不知如何圆谎。

苏话坐在沙发上挺直了脊背,双手叉腰,气愤不已:"别绞尽脑汁撒谎了!我昨晚打电话问肖雪泥的爸爸,人家说你中午就离开他们家了!"

不料陆星辰问了个让苏话猝不及防的问题:"你怎么会有她爸爸的电话号码?"

苏话一时语塞，目光躲闪，她不想将这其中的故事告诉任何人。

于是，她飞快地转移话题："你是不是去找他们了？"

陆星辰没心思再纠结苏话怎么会有肖叔叔的电话，既然苏话已经猜到一二，那么继续撒谎也只是浪费时间。何况，她没有打算放弃这条线索，如果继续找外公外婆，苏话迟早会发现，不如痛痛快快问个清楚为什么不让她去找他们。

"是，我回村子里找他们了，可是没找到。"陆星辰鼓起勇气直视苏话。

"陆星辰，你翅膀真的硬了啊！"苏话又惊又气，那个地方离凰城那么远，倘若陆星辰在途中遇到危险，她该怎么向白然交代？

苏话难以想象陆星辰为了找母亲还会做出什么离谱的事情，悲愤地扯了扯嘴角："这次我就不追究了，如果下次你还去找那两个人，你走吧。"

苏话以为陆星辰虽然心里不服气，但嘴上还是会说一声"好"，没有想到她的话音才落下，就被陆星辰大声地反问："为什么？他们是我的外公外婆，我为什么不能找他们？"

"不准就是不准！"

"你不告诉我，我偏要找！"

"你去试试？"苏话威胁道。

谁都不喜欢被人威胁，陆星辰也不例外，明知道不可以去触碰这个雷区，但脑子一热，还是说出了内心最真实的想法："你以为你是我的谁？凭什么阻止我找我的亲人？"

苏话愣住了，那句"你以为你是我的谁"就像一根刺一样狠狠地扎入她的心里。

是啊，我们没有任何血缘关系，我本来就不是你的谁，可是是我辛辛苦苦地把你养大的啊！你半夜发高烧的那一次，是我背着已经念初中的你一步一步赶去医院的啊！有一次你说你想要个复读机学习英语，是我偷偷熬了几个通宵做手工给你买的啊！还有那一次，你冬天的鞋子坏了，是我把攒了很久要买护肤品的钱全都给了你，让你去买新靴子和新衣服的啊……

你的亲人固然重要，可你一句"你以为我是你的谁"就把我拒之千里之外，会不会太过分了？

苏话强忍住眼眶里翻腾的泪水，迎上陆星辰不甘示弱且无比坚定的目光，悲愤到了极点，她食指一伸，指着门口激动地吼了一句："那你滚啊！"

陆星辰也很意外，除了爸爸妈妈，于她来说在这个世界上最亲的人，竟然真的叫她滚。

滚就滚!

她是一个自尊心很强的孩子,这一点,没有人比苏话更清楚。只是当苏话看着陆星辰毅然决然地转身冲出门外的时候,她的眼泪终究还是止不住地往外流,那一声因为陆星辰狠狠关上门而发出的巨响,就像心爱的宝贝被不小心摔碎了的声音,听得越发揪心。

5

陆星辰漫无目的地在大街上晃荡,只要一想到苏话指着门口叫她滚的样子,就会难受得要命,眼泪怎么擦都擦不干净。

委屈什么?难过什么?明明是她自找的,如果稍微顺从一下,也不至于闹到这步田地,想到这里,陆星辰又暗暗地问自己,真的可以听苏话的话不去找白松夫妇吗?事实上她做不到,放弃不了能找到母亲的任何线索。

因为陆星辰一直低着头走路,导致她直接撞上一个女孩子,惹得女生惊叫了一声。

"对不起,对不起……"抬起头,陆星辰意外地看到一张熟悉的脸——肖雪泥!

她赶紧抬手擦干净眼泪,定下神来才发现肖雪泥身边还站着几个女生,除了同班的李潇然,她都不认识。

"星辰?"肖雪泥先一步惊讶地说出了她的名字,关心地问,"你怎么了?"

"我没事儿。"陆星辰强颜欢笑,"你们去玩啊?"

她本想着顺着这个话题赶紧开溜,不料肖雪泥点头之后突然想起了什么,转身抱歉地对李潇然和其她几个女生说:"今天我就不去了,你们玩得开心。"

李潇然抱怨几声,便和其他人哼哼唧唧地离开了。

"我陪你。"肖雪泥转身对陆星辰暖心一笑,陆星辰受宠若惊。

肖雪泥轻轻扶过陆星辰的肩膀,才惊觉陆星辰还穿着昨天在她家换的裙子,眉头一皱,问:"你怎么还穿着这条裙子呀?"

"我……"如果被肖雪泥知道她和夏樊一起夜不归宿,一定会胡思乱想。

"到底怎么了呀?你脸色不太好啊。"

陆星辰咬了咬唇,低着头说:"我……我和我阿姨吵架了。"

"难怪……一家人没有隔夜仇啦!你不回家,你爸爸妈妈会担心的!"肖雪泥安慰性地拍拍陆星辰的肩膀。

"爸爸妈妈？"陆星辰现在听到这四个字就觉得分外委屈，她置气说："他们才不会担心我。"

妈妈都丢下她那么久了，怎么会担心她？

"好啦，别生气了，待会儿我陪你回家？"

"我不想回家。"她才不要回去，明明被赶出来了，这样回去岂不是很没面子？

"你不回家能去哪儿？"肖雪泥思索片刻，继续说，"如果你不想回家，先暂时住我家吧！"

陆星辰目瞪口呆，一股暖流涌上心头。

"你不肯回家，又没地方去，我总不能看着我的好朋友流落街头吧？"肖雪泥没有告诉陆星辰，她之所以这么做，很大部分原因是她不敢一个人住在家里。

陆星辰跟着肖雪泥回到肖家后，偌大的房子里只有她们两个人，肖雪泥一边抱怨自己的父母出去旅游丢下她自己一个人，一边给陆星辰找来干净的衣服让陆星辰去换洗，等到陆星辰洗完澡出来，肖雪泥已经为她准备好了吹风机。

她闲适地盘着腿坐在床上看漫画，见陆星辰出来，才抬头指了指放在床尾的吹风机，非常体贴地说："星辰，你赶紧把头发吹干，别感冒了。"

"好。"

洗完澡，吹干头发，整个人都精神了不少。陆星辰将吹风机放到旁边的桌子上时，又瞥见了那条眼熟的项链，她伸手摸了摸，装作不经意地问："这项链，是配对的吗？"

"不知道啊！我妈妈说是在庙里给我求的东西，说是保平安的。反正我从小就戴着它，后来长大了觉得太俗气，就没有再戴了。"肖雪泥不是很在意这条项链，走下床来到陆星辰身边，开玩笑道，"你觉得好看呀？我觉得还没你卖的那些小饰品好看呢！你要是喜欢，我就送你。"

"你妈妈到庙里为你求来的东西，怎么能随便送人？"陆星辰轻蹙眉梢，心说应该是自己想太多了，肖雪泥和苏话怎么会扯上关系？也许是机缘巧合，苏话也正好到庙里求了这样一条项链呢？

"你肯定也觉得不好看！"肖雪泥突然大笑起来，"我才不会送你那么丑的东西呢！"

其实这条项链也没有很丑，只是旧金色的饰品看着总有那么一点儿老气，不适合小女生佩戴。

"对了，我们这几天都得点外卖吃，我不会做饭。"肖雪泥话锋一转，有点儿不好意思地笑笑。

陆星辰瞬间高兴起来，若真在这里白吃白住反倒会让她不好意思："没关系，我会，我负责做饭，你负责吃就好了。"

"你还会做饭呀？星辰，你怎么和夏樊一样，都好厉害！"

对方不经意间提起的名字，就像屋檐外的午后阳光一样耀眼，虽然是十分寻常的存在，却无法令人视而不见。

陆星辰顿了一下，故意做出一副不经意的样子："他一个男孩子也会做饭？"

肖雪泥骄傲地点点头，片刻后又拉下一张脸："不过你别在他面前提这件事哦！他好像不太喜欢让人知道他会做饭。"

陆星辰的脑子里忽然闪过六年前的回忆片段，那一地被她踩得面目全非的葱花蛋，是年少的他的杰作啊，可惜，她连一口都没来得及尝。

陆星辰有些好奇："为什么？"

不知道从什么时候开始，好像只要是他的事情，哪怕是很小的一件事情，她都会忍不住好奇。

遗憾的是，连很熟悉夏樊的肖雪泥都摇了摇头："可能只是觉得让人知道他会做饭很丢脸？明明男孩子会做饭很有魅力啊！"

连你都不知道啊……

没有得到答案的陆星辰，反而比在肖雪泥这里得到答案还要满意，她抿嘴笑了笑，也不想深究了。

陆星辰在肖雪泥家里住的那段时间，两个人总是一起上学一起放学，时间一久，也就很少有人在肖雪泥面前议论陆星辰了。在那段时间里，陆星辰知道了肖雪泥是一个非常胆小怕黑的人，因为父母不在家，她晚上睡觉会把家里大大小小的灯全打开，加上她有半夜上厕所的习惯，只要被尿憋醒，都会无所顾忌地把陆星辰摇醒，然后委屈地望着迷迷瞪瞪的陆星辰说："星辰，我想上厕所。"

可怜兮兮的语气，像极了一个渴望被爱的小孩儿，令人不忍心拒绝。

有一次，陆星辰打趣说："等你爸爸妈妈回来了，我一定要告诉他们你怕家里有鬼。"当时陆星辰想的是，简直和年少时的夏樊一样胆小，不愧是青梅竹马。

肖雪泥拉着陆星辰的手臂，噘着嘴，好一会儿才闷闷地说："其实他们知道我很胆小的，可是不知道为什么，这一次无论我怎么求他们不要去旅游，他们都不肯留下来，

说什么我迟早要一个人面对生活。"说着，肖雪泥满腹的委屈浮到了脸上，连眼圈都红了。

陆星辰不会安慰人，不知道此时该说什么，不该说什么，她只知道，和自己比起来，肖雪泥已经足够幸福了。

突然，肖雪泥眨巴着眼睛开口："星辰，我们来交换秘密吧！"

"啊？"陆星辰猝不及防，亏她还在苦恼要怎么安慰人。

"偷偷和你说，我想和夏樊考同一个大学。"肖雪泥躺在床上看着天花板，眼里满是憧憬。

时间好像因为这个积极又矫情的秘密静止了一般，陆星辰能清晰地听见自己的呼吸声，一吸一吐，她望着肖雪泥清亮的瞳孔，有着令她羡慕的勇敢与坦率。

她想，与其说是秘密，不如说是一个宣告，不知道肖雪泥在其他人面前，会不会也这样反反复复地提醒对方不能越界。

"星辰，你呢？"肖雪泥斜睨着陆星辰，女孩干净的侧脸在明亮的白炽灯下变得十分白皙。

陆星辰的秘密太多了，多到她都不知道该从何说起，她勾了勾唇角，眼神清澈："我的秘密是……和你上同一所大学。"

她没有撒谎，这也是其中一个秘密——我想变得和你一样优秀却生怕被取笑的秘密。

说完，陆星辰又马上补充道："我知道很多人会笑我，我也知道我现在的成绩和你差很远，可是正因为这样，我觉得才有努力的意义。"想起不久前在学校被陶思当众羞辱的场景，她就恨不得日日夜夜地学习，赶紧证明给大家看，她真的不是只配倒数第一的位置。

"其实我能理解你的心情，因为夏樊从小到大都很优秀，每一次升学考试，我都很怕追不上他。"肖雪泥突然翻了个身，一只手撑在床上托住脑袋，另一只手指着陆星辰笑了起来，半认真半开玩笑道，"不过你想和我同一个学校，该不会……是你想和夏樊同一个学校吧？"

陆星辰一脸错愕，为什么要和他同一个学校？她只是单纯地想变得像肖雪泥一样，被老师喜欢，被同学亲近而已。

很快，陆星辰意识到肖雪泥是在试探她，一把推开肖雪泥的手，认真地回答："你不要乱说！"

不被人相信的感觉，很糟糕，她甚至有点儿生气。

肖雪泥所有的怀疑瞬间烟消云散，她心满意足地躺下，盖好被子，说："我开玩笑的。"

临睡前，她又呢喃了一句："但愿我们三个人都能上同一个好的大学，到时候……星辰不会反悔的吧？"

那时候，肖雪泥想，就算陆星辰不能做到对她百分之百坦诚也没关系，只要陆星辰能够一直像现在这样，不去融入别的女生的圈子，有且仅有她肖雪泥一个好朋友，她就可以试着将她当成真正的朋友。

"不会。一言为定。"陆星辰闭上双眼，想象着自己考上了和肖雪泥一样的大学，然后渐渐进入了梦乡。

第五章 ☂
若隐若现的真相

Qingtian You Yu, Yusheng You Ni

1

阳光穿过教学楼前的大树枝叶的缝隙投射到教室的玻璃窗户上,留下只要一起风就摇摇晃晃的光斑,陆星辰盯着晃来晃去的光斑,在心里数了一遍又一遍离开家多少天了,八天?十天?不,已经第十一天了,苏话竟然没来找她,是真的不关心她的死活了吗?

胸口就像压了一块大石头,堵得她难受、发慌。

为什么不来找她?苏话是真的下定决心让她滚了吗?那……她该怎么办?总不能一直住在别人家里吧?

"有些同学,老师在黑板上讲题的时候,不要看别的地方!"数学老师突然用木质三角尺敲了敲黑板,意有所指的语气不禁让同学们面面相觑。

陆星辰这才慌张地将视线投到黑板上,再装出一副淡定的事不关己的模样。

"期末考试就要来了,到时候别后悔没听课!"陆星辰在数学老师的愤然中才知道,原来还有一个多月就快期末考试了。

因为心虚,她还是乖乖地看了一眼黑板上的数学题,还好,是她会做的题目。

好不容易熬到放学,肖雪泥说要先上个厕所再走,让陆星辰在教室等她。同学们都一窝蜂地拥出教室,直到空荡荡的教室剩下陆星辰和值日生,陆星辰才从位置上站起来,打算去厕所门口等肖雪泥。

安静的走廊,只听见各个教室传出来的扫把与地板摩擦的声音,因为陆星辰心不在焉,在转角处和陶思撞上,害得对方怀里的作业本掉了一地。

"你走路不长眼啊?"陶思气得跺脚。

"对不起。"陆星辰赶紧道歉,弯腰帮忙捡起作业本。

"没爹的孩子就是没教养!"不饶人的声音从头顶飘落,陆星辰的动作停滞下来,她缓缓直起腰,才看见陶思满脸的鄙夷。

没爹的孩子……

陆星辰心头一紧,把捡起来的作业本重新扔到地上:"这样吗?"

"你……"陶思脸色大变,抬手要打陆星辰的时候,生生被一个声音给制止了——

"你们在聊什么?"

陶思看到陆星辰身后的人,面露窘色,抢先一步回答:"我们在聊彼此的爸爸是做什么工作的呢!"

陆星辰回头,看见面色不善的夏樊,他冷冷地勾了勾唇角,没有见好就收:"别以为别人的耳朵都是聋的。"

"没有……夏……夏樊,你误会我了。"陶思吞吞吐吐,故意转移话题,"上周,我给你的信,你看了吗?"

陶思的脸颊被染上了红晕,羞怯的眼神有些躲闪,陆星辰不由得惊讶,难道陶思也喜欢夏樊?

"我不喜欢不善良的人。"夏樊依旧没给对方好脸色。

陶思挫败地咬咬唇,一副欲哭无泪的样子,想说什么,又不知道该如何开口,索性弯腰捡起作业本,瞪了一眼陆星辰,匆匆跑掉了。

"你们……认识?"陆星辰忍不住好奇。

夏樊耸了耸肩,不回答。

初中的时候,陶思与肖雪泥形影不离的,他岂会不知道这一号人物?他是个聪明人,早在初中就看出了陶思对他的那点儿小心思,但介于对方一直没有表明态度,他也不好多说什么,如今正好有这么一个机会,让他早早结束女孩的幻想,一举两得。

"总之,谢谢你,还有上次,也谢谢你。"陆星辰感激地笑笑。

这句话就像一瓢冷水,狠狠地泼到了夏樊的脸上,令他一下子清醒了。

从什么时候开始,他帮她已经被自己当成了一种习惯,一种理所当然?明明从村子回凰城之后,他已经明确地告诉过自己,不要再对她好了,可偏偏看到别人欺负她,还是会忍不住挺身而出。

为什么会变成这样?明明那么讨厌她把妈妈害成了现在这个样子!

"我没有在帮你。"他只是因为也曾被别人嘲笑没有妈妈,所以才会感同身受,才会挺身而出……一定是这样的。

夏樊本来只是放学路过,为了让陆星辰相信自己的口是心非,继续说:"我只是不想别人耽误你去帮我值日!走吧!"说罢,他飞快地转身,慌张的神色成功得到掩藏。

"什么?"陆星辰没有听清夏樊最后的那一句话,有种不祥的预感。

果然,男生停住了脚步背对着她说:"帮我值日!"

虽然陆星辰不知道为什么又轮到他值日,但肖雪泥还在洗手间,她们要一起回家的。

陆星辰抿了抿唇:"今天恐怕不行。"

"我说了算!"说罢,夏樊大步流星地返回教室。

陆星辰才深刻地意识到他们之间的关系很难因为某一件事情而发生改变,她不明

白,为什么他明明帮了她那么多,如今还要为难她?她以为,经过那一次旅程之后,他们算得上是朋友了。

最终,陆星辰还是因为害怕夏樊抖出她在学校偷偷贩卖饰品的事情,不情不愿追上了他。

刚到高一(7)班的教室门口,陆星辰就听到教室里有男生吆喝一声:"你怎么又回来了?哟,陆同学也来了!"

说话的人是章明晨,陆星辰虽然不知道他叫什么名字,但她记得他。

"你们先回家吧,今天我心情好帮你们值日。"夏樊面无表情。

"什么情况?"章明晨与教室里的另一个男生异口同声。

夏樊瞟了一眼章明晨座位上的足球,说:"你们不是想去踢球吗?我帮你们值日。"

章明晨意味深长地扬起嘴角,笑嘻嘻地说:"希望以后多点儿这样的福利!"

话毕,两个男生打着哈哈离开了。

陆星辰站在一旁,气得要死:"明明不是你值日!"

"现在是了啊!"夏樊转身,微微一笑。

"你随便!反正我不奉陪!"陆星辰转身要走的时候,听到身后传来男生带着威胁意味的声音:"既然让我随便……那我就去校长那儿说你在学校……"

"你闭嘴!"陆星辰立即打断了夏樊要说的话,又气又无奈,"你到底想怎样?"

"以后每天都来我们教室扫地。"只有这样,他才能证明自己心里是坦坦荡荡的,没有夹杂着任何杂念与感情。

"什么?"

"从现在开始至整个高中生涯结束!"夏樊的口吻非常坚定,目光如炬。

"你不要欺人太甚!"

"不,这个交易对你来说很值。"夏樊狡黠地笑起来,"你帮我值日三年,我替你保守秘密三年,你就能在学校赚更多的钱,很划算的。"

什么歪理?

"你……"陆星辰激动地上前一步,扬起手就朝夏樊挥过去。

夏樊像是早就料到了她的反应,迅速地握住了她的手腕。

女生姣好的面容突然在他的面前放大,近得能感受到她温热而气愤的鼻息,视线交织在一起时紧逼着他的心跳,令他不得不因为乱了的心跳节拍而下意识地后退几步,然后在心里反反复复地默念"保持距离"。

因为她，他的妈妈还躺在病床上。

陆星辰被他忽然后退几步的动作弄得一阵莫名其妙，好像她是什么脏东西一样。

夏樊迎上陆星辰的目光，不禁一阵心虚："你……你爱扫不扫，反正你自己选！"

说罢，他像避开瘟疫一样绕过陆星辰，夺门而出。

陆星辰想一走了之，可走到门口，想到事情的严重性，又迫不得已地转身回教室，乖乖打扫。

夏樊离开后才长长舒了一口气，他很清楚自己在躲什么，因为不愿意任由那颗种子生根发芽。

深秋的凰城，六点左右的天空已经暗下来，学校的人行道上亮起了暖洋洋的路灯，将他的影子拉得很长。他想，要欺负她欺负到什么时候，才能解恨？

走了一段距离，夏樊意外地遇见还在扫地的村长，友好地打了声招呼。

村长看见是他，停住了手中的动作，笑起来："这么晚了才回家啊？"

"嗯嗯。"夏樊点点头。

"最近都没有看见星辰，她怎么样了？"

"她……"是指什么？病情？还是过得好不好？夏樊犹豫着，不知道该怎么回答，干脆应了声，"挺好的。"

"你这小子，一看你就是没有把我的话放在心上！"村长半认真半开玩笑地说道，"不是让你替我好好照顾她的吗？都当成耳边风了啊？星辰最近是什么情况？还在逃避她爸爸已经不在的事实吗？上次你们走了之后，她有没有找到她妈妈？"

夏樊觉得委屈，若不是他太用心去记村长的话，哪里会带她回到那个村子找人？不过看得出来，村长真的很关心陆星辰，这一连几个问句，弄得夏樊都不知道要先回答哪个才好。

思索片刻，他才慢条斯理地回答："她还是老样子，至于她妈妈，也没有找到。"

"这可怜的孩子，唉……"村长心疼地摇了摇头，"虽然星辰十岁就离开了那个村子，但我也算是看着她长大的，瞧见她这样，我这把老骨头都觉得难受。"

被村长一说，夏樊又开始矛盾了，想起刚刚对陆星辰说的话，是不是有点儿过分了？

夏樊和村长分别之后，就遇到了忽然从大树后面走出来的肖雪泥，虽然天灰蒙蒙的，但女孩眉宇间的八卦神色依然被夏樊看得彻底。

肖雪泥咬了咬唇，终于开口："星辰的爸爸是真的去世了吗？"

夏樊皱着眉头反问："所以是你和大家说她没有爸爸的？"

"我只和李潇然说过。"肖雪泥从未见过如此严肃的夏樊，心里一阵忐忑，立马补充道，"是我不小心说漏嘴了。"

夏樊不是不了解肖雪泥的朋友圈，基本上都是一些爱慕虚荣且八卦的女生，嘴上说着"我一定会替你保守这个秘密"，转过身就和另一个女生说"我和你说一个秘密，你一定不能告诉别人"……

他不知道是不是所有女孩子的友情都是如此，反正从小到大，肖雪泥那些所谓的朋友就没有给过他什么好印象。

"以后别人的事情，还是别多嘴吧。"夏樊不打算继续追究，何况把事情宣扬出去的人是肖雪泥，他又能以什么样的身份去责备她？

在大家的眼里，他和陆星辰一点儿瓜葛都没有，甚至连仇人都不是，如此贸然地替一个毫不相干的女孩子打抱不平，以肖雪泥的性格定会缠着他问个明白。

"知道了。"肖雪泥微低着头，隐隐地感觉到夏樊和陆星辰之间的关系没她看到的那么简单，"你好像很了解星辰？"

夏樊微微一怔，随后笑道："你们是好朋友，我哪有你了解她啊？"

"可是你比我先知道她爸爸已经去世了！"肖雪泥不依不饶，一脸不悦。

夏樊不愿自己成为两个女生之间的导火索，含糊其词："这件事情纯属巧合，开学前我和她有过一面之缘，就这样而已。"

回家的路上，肖雪泥一直闷闷不乐，她不知道该如何形容自己当时的心情，在她准备卸下所有铠甲去接受一个真正的朋友的时候，突然发现对方隐瞒了她不止一件事情，她又震惊又生气，甚至还有汹涌袭来的失望与难过。

那么，她还要展开双臂去拥抱这样一个不够坦诚的朋友吗？值得吗？

另一边，陆星辰打扫完教室，走出校门口的时候，苏话就这样毫无征兆地出现在她的面前——苏话的样子有些憔悴，面色发黄，双眼黯淡无光，不知是不是因为陆星辰不在家的日子里，她没吃好也没睡好。

"你……你怎么来了？"陆星辰的语气非常僵硬，明明渴望对方出现，却故意装出一副不想看到对方的姿态。

"想通了，就跟我回家吧。"苏话宽容地说。

想通了？

"我不回去。"陆星辰一口拒绝。

如果回家代表她妥协，她宁愿不回去。任何事情她都可以妥协，唯独关于妈妈的事情，她绝对不会妥协。

苏话无奈地抱起双臂，好笑道："你不跟我回去你要去哪儿？继续住在你同学的家里？我看见你的同学已经走了，那你现在要去哪儿？"

原来，苏话这么多天都没有来找她是因为知道她跑去同学家里住了，难道苏话每天都在学校门口守着她，或者……跟踪她？

陆星辰那么多天以来的不平衡终于释怀，也更有底气坚持："你不告诉我不准我去找他们的原因，我是不会回去的！"

"陆星辰，我已经来找你给你台阶下了，你的自尊心再强，能不能也考虑一下我的感受？"苏话迅速上前一步，飞快地抓起陆星辰的手腕，硬气起来，"跟我回家！"

"我不回去！"陆星辰拼命地甩着自己的双手，怎么也挣脱不开，最后没办法，只能张口狠狠地朝苏话的手臂咬下去。

苏话疼得松开手，震惊地瞪向她："你疯了是不是？"

她确实是疯了，找了白然那么多年，一点儿结果都没有，她能不疯吗？

"你不告诉我，我是不会跟你回去的！"陆星辰坚定地与苏话对视，下一秒，她就斩钉截铁地转身，朝肖雪泥家的方向跑去。

"陆星辰！"苏话恨铁不成钢的声音被车鸣声覆盖。

陆星辰跑了一个公交站的距离，终于在下一个公交站上了去肖雪泥家的公交车，她站在后门的位置透过玻璃望着迅速从眼前消失的各种景物，不知为何，眼泪又开始狂飙。

天沉沉地拉开夜的帷幕，满园的月季花在乳白色的路灯下争芳斗艳，花香更浓。

陆星辰刚踏入肖雪泥家的大门，就看到旅游回来的肖叔叔和方阿姨，两人愁眉苦脸地坐在客厅里，一言不发。

她拘谨起来，礼貌地敲了敲大门，朝两位长辈打招呼。

"是星辰啊？"方华英挤出一个淡淡的微笑，"我刚听雪泥说你一直住在我们家陪她，谢谢你啊！她刚回来的时候还问我们有没有看见你呢！"

"星辰!星辰!"也许是因为楼上的肖雪泥听到了楼下的动静,方阿姨的话音还未落下,就已经听到了肖雪泥踩着拖鞋飞快下楼的声音。

"我还以为你自己回来了呢,谁知道回来也没看见你。"肖雪泥跑到陆星辰的身边,直接拉住了陆星辰的手,匆匆上楼,"走走走,我有话要和你说。"

肖雪泥在父母面前放肆惯了,可以目中无人,但陆星辰是个客人,就算肖雪泥强制性地拉着她上楼,她还是不忘回头对方阿姨说了句:"阿姨,我先陪雪泥上楼了。"

"去吧去吧。"方华英没有太介意,低下头又是一副愁眉不展的神情。

陆星辰还在奇怪两位长辈怎么了,就被肖雪泥拉进房间,迅速地关上了房门。她一脸疑惑,不知道肖雪泥在搞什么鬼,还未问出口,就看见肖雪泥格外认真地对她说:"星辰,可能接下来的日子,你不能住我家里了。"

"嗯。"连自己都出乎意料的对话,她明明有一肚子的疑问,却在主人下达逐客令的时候,故意做出一副无所谓的样子。

是性格使然吧,就算被赶走,她也希望给自己保全一个骄傲的姿态,不需要别人可怜。

肖雪泥非常抱歉地拉起了陆星辰的手,为难地解释:"星辰,真的对不起。因为家里真的有事,我爸爸说有外人在不太好。"

陆星辰看到方阿姨和肖叔叔那副心事重重的样子,能体谅肖雪泥,只是不知道为什么,心硬生生地被"外人"二字给刺痛了。

是的,外人。

我是一个外人。

即使你把我放在最要好的朋友的位置,因为我们没有任何血缘关系,我也依旧是一个外人。

陆星辰忽然想起了苏话,离家出走的那一天,她对苏话说的那句"你以为你是我的谁",是不是也深深刺痛了苏话?

"没关系,我收拾收拾就可以走了。"陆星辰垂眸微微扬起嘴角,不知道是自嘲还是真的笑了,"我还是要谢谢你收留我。"

"没那么着急,你先洗澡,然后陪我吃了晚饭再一起上学嘛!只是晚自习放学,我就得一个人回家了。"肖雪泥略遗憾地说。

"嗯。"也好,她不用饿肚子了。

陆星辰第二次和肖雪泥的家人一起用餐,与第一次的感受完全不一样,饭桌上再也没有和和睦睦的笑容,取而代之的是令人不知如何是好的沉默,想必真的如肖雪泥所说：家里出事了。

陆星辰试过对肖雪泥旁敲侧击，肖雪泥始终守口如瓶，生怕陆星辰不死心继续追问，就让陆星辰到一楼等她。

好朋友的隐瞒，让陆星辰有点儿失落。

她没再说什么，走出房门，忽然从楼下传来的尽量压低的声音让陆星辰停住了下楼的脚步——

"中午的时候，你去见苏话了？"是方阿姨的声音，绝对不会错。

"在街上遇到的而已。"这是肖叔叔的声音，他耐心地解释着，"她一直在街上摆摊做生意，遇到也不奇怪。"

"你又给她钱了？"

"她没要。"

"她该要吗？你以前给的还少吗？现在都什么时候了，你还给她钱？"

"那么多年了，她也没有打电话来问我要钱或帮忙之类的，我就是见她一个人大热天的还在马路边上摆地摊，挺不容易的！毕竟她是雪泥的亲妈，我们接济一下她也是应该的。"

"肖智强！你会不会变通啊？以前是什么情况，现在是什么情况？现在都什么时候了，你还可怜她？你可怜可怜你自己吧！"

"人家不是没要吗？哪一次给她钱，她是拿了的？"

……

苏话，肖雪泥，是母女？

那么肖叔叔和苏话又是什么关系？

陆星辰难以置信地捂住自己的嘴巴，生怕不小心发出声音，被人知道自己偷听到了这个惊天大秘密，她一直蹲坐在楼梯上挨着扶手，连呼吸都不敢用力。

难怪那天她问苏话怎么会有雪泥爸爸的电话，苏话一副手足无措的样子。

陆星辰屏气敛息地站起来，还没做好心理准备要下楼，就被身后传来的肖雪泥的声音吓了一跳："星辰，走啦！"

"哦，好。"陆星辰慌慌张张地应道，咽了咽口水，跟着肖雪泥一步一步地下楼。

"爸爸妈妈，我和星辰去上学了。"肖雪泥的脸上挂着不深不浅的笑容。

"路上小心点儿！"肖叔叔和方阿姨异口同声。

陆星辰暗暗地观察着他们的神色，他们眼里都有温柔的笑意，没有对她产生任何怀疑，反倒是她自己，在迎上两位长辈笑吟吟的目光时慌了神，匆匆说了声"叔叔阿姨再

见"，便做贼心虚地逃出了肖家大门。

那天晚上的自修课，陆星辰自是没有心思去学习，满脑子都是自己不小心听到的对话内容。她强迫自己认真做题，思维又开始跳跃到另一件事情上——放学之后，她该去哪里？

奈何她还未想到一个好去处，放学铃声就响了起来。

身边的肖雪泥飞快地收拾书包，对邻桌的李潇然说："喂，等等我，我今晚和你一起回家。"

李潇然停下脚步，反问："你不和陆星辰一起走了吗？"

"不了不了，今天开始她不住我家了。我其实就是想坐你爸爸的顺风车回家，嘻嘻。"

"那赶紧走吧，我爸爸已经在学校门口等我了。"

"好！"然后是匆匆远去的脚步声。

陆星辰感觉自己像被丢掉的废旧品，别人连一声招呼也不打，就这么走掉了。她忍不住趴在桌子上，闷着头，不知是因为肖雪泥的不管不顾还是因为自己无处可去，鼻尖涌上一阵酸楚。

临近教学楼熄灯，陆星辰才慢吞吞地离开教室。她不知道要去哪里，漫无目的地走出校门口，没有想到会再一次遇见苏话。

因为已经放学很久，校门口没有多余的人，只有被暖黄色路灯光笼罩着的苏话。今晚的风有点儿大，把她身上的外套吹得鼓了起来，她下意识地用手压住外套，因为浓浓的凉意而缩了缩脖子，什么也没有说，就这样一直安静地凝视着陆星辰。

陆星辰停下脚步，心中的某根弦因为眼前这个女人的出现忽然断掉，满腹的难过与委屈被吹散在风中，什么自尊心，她都不要了，只想跟着眼前的人回家。

时间仿佛因为一个凝视被拉长成一整个世纪，最后是苏话先"扑哧"一声笑了："我等你很久了，快把我冷死了。"故意装作什么都没有发生过的口吻。

"谁让你等我？"陆星辰小声嘀咕，明明有被感动到，非要表现出不屑的样子。

苏话没脾气地笑了笑，随后格外认真地说："回家吧，我跟你说你妈妈去了哪里。"

陆星辰以为自己听错了："你说什么？"

那么多年了，难道苏话一直在隐瞒她吗？

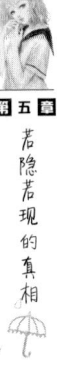

"我有个条件,你不许再离家出走。"苏话相信她一定听清楚了。

陆星辰喜出望外,没有半点儿犹豫:"好,我答应你。"

苏话想了一会儿,又说:"还有个条件,快期末考了,考完试,我才会告诉你。"

为什么要等考完试?

陆星辰有些失望,三思之后,又觉得自己没有反抗的余地,如果拒绝,万一苏话从此绝口不提怎么办?如果答应,无非就是再等上一段时日,比起之前那么多年的等待,这点儿日子又算什么?只要接下来认真复习,期末考很快就会来的。

"嗯。"陆星辰郑重地点了点头。

就这样,约定达成。

夜色微凉,三层高的别墅里一片寂静,灯光如昼。

肖雪泥回到家里的时候,肖智强看到陆星辰没有跟回家,随口问了一句:"星辰怎么没和你一起回来?"

"我叫她别继续住我们家里了。"肖雪泥将书包随手扔到沙发上,一股脑儿地躺倒在沙发里,许久都没有说话。

她看起来有些疲惫,也有些不安,但更多的,是心烦,后来又忍不住小声嘀咕着:"家里就要破产了,又不是什么光荣的事情,何必让别人知道?"

肖智强一下子愣住了:"你怎么知道的?"

"我下午放学回来吃晚饭,刚进门的时候就听到了!"肖雪泥从沙发上坐起来,一边回忆一边说,"你和妈妈根本不是去旅游,是去解决公司的问题!"

当时很不巧,肖雪泥刚回到家里,就听到父母在商量要不要让女儿知道公司即将破产的实情,最后得出一个"为了不影响孩子的学习,隐瞒到底"的结果。肖雪泥一时消化不了这个天大的噩耗,便没有当即揭穿父母,一直假装不知情到现在。

肖智强叹了一声,安慰女儿:"既然知道了,就不要胡思乱想,爸爸会让一切好起来的!还有,你没必要因为这件事情把自己的好朋友赶走,家里破产也不是什么丢人的事情,你和星辰是好朋友,有什么是不能说的?"

好朋友?

是真的好朋友吗?

肖雪泥不知道。因为曾经有个好朋友叫陶思,让她在友情这方面变成了惊弓之鸟,不敢轻信于任何人。

其实肖雪泥和陆星辰一样渴望友情,但她又和陆星辰不一样,她爱面子,她虚荣,

她乐意利用她拥有的资本去讨好大家，不管是给大家买零食，还是偶尔送大家一些爸爸从国外带回来的小礼物，她都愿意用这些物质去交换不够真心的友谊。哪怕大家对她表面一套背后一套，都无所谓，她只要别人看到她光鲜亮丽的样子就够了。

所以，她从来都不确定，陆星辰是不是也和某些人一样，只是表面上和她亲密而已。

这么想着，肖雪泥又不耐烦地拽起身边的一个抱枕，蒙住了自己的脑袋，闷声道："爸爸，你不懂！别问了！"

"好好好，我不问。你早点儿休息。"肖智强宠溺地笑笑，起身离开。

爸爸岂会懂她的焦虑？一旦家里破产的消息传入同学们的耳朵里，那些似真幻假的友谊会有多少虚假的成分浮出水面？

肖雪泥害怕大家连表面功夫都不愿意做了，直接疏远她、排斥她，她好面子，自然不会允许这样的事情发生。

陆星辰跟着苏话回到家里才发现，没有她的日子，苏话又开始丢三落四，时光仿佛倒回到多年前她初到这个房子的时候，饰品的包装袋被苏话弄得遍地都是，踩在脚底，嘶嘶作响。

"喂！陆星辰，你小心点儿！"苏话听到声音，立即不满地叫起来。

"谁让你乱扔的？不怪我……"陆星辰小声反驳。

"还不都是因为你？如果你在家，家里会那么乱吗？"

"这也能怪我……"陆星辰虽然不服气，心里却暖暖的，到底是她离不开苏话，还是苏话离不开她？

"你跑回村子的那天晚上，我为了找你，连戴了十几年的项链都弄丢了！"苏话一边说，一边弯腰捡包装袋。

项链？

陆星辰本能地望向苏话，果然，苏话的脖子空荡荡的，常年戴着的那条项链已经不见踪影。

"我有件事想问你。"陆星辰犹豫许久，还是开口了。

苏话坐到沙发上，一边端起地板上装满饰品的簸箕放到腿上，快速投入工作中，一边漫不经心地说："有什么事明天再说，你走了那么多天，我一个人得日日夜夜地赶工，今晚我得把这簸箕里的东西都做完。"

陆星辰自知不在家的这段日子苏话一个人扛下了本来两个人的工作量，她确实很愧疚，但她等不了，若不趁早确认这件事情，只要上学看到肖雪泥，她就会忍不住胡思乱想。

"肖雪泥有条项链，和你那条项链，是配对的。'苏'字的一半。"陆星辰自顾自开口，走到苏话的身边坐下，从簸箕里拿起一个手工饰品，娴熟地加工起来。

苏话闻言一顿，随之又继续低下头，目不转睛地盯着手上的东西，故作自然："嗯。"

陆星辰瞄了一眼苏话，尽量平静随意地开口："你和肖雪泥是什么关系？"

苏话猛然一怔，手上的小珠子没拿稳，掉到了地板上。

她一脸错愕地盯着陆星辰："你问的是什么问题？"

陆星辰干脆坦白："我听到了，肖雪泥的爸爸妈妈亲口说了你才是肖雪泥的亲生妈妈。"

"他们告诉你的？"苏话震惊地瞪大了双眼。

"我无意中听到的。"

苏话不是一个纠结的人，对已经发生的事情，她很坦然，半晌之后低声道："我没有破坏大家现有的生活的打算，所以你知道就知道了，别和任何人说。"

她从不希望别人误会她贪得无厌，看着女儿长大了又想回来认女儿。更重要的是，她没有能力给肖雪泥更富裕的生活。

这样的对话对陆星辰来说，过于乏味——被突然全盘托出的谜底，所有的怀疑与铺垫都失去了意义。

大概是因为她太慎重，忘记苏话是个直来直往的人。

那天晚上，陆星辰终于了解了整件事情的来龙去脉。

说起来，苏话的命运也很坎坷——年轻的时候喜欢上一个无业游民，不顾家里人反对和那人走到了一起，从此众叛亲离。后来，苏话怀了肖雪泥才知道那个男人染上了赌瘾，欠下一屁股的债，家里值钱的不值钱的东西都被他卖光了，直到苏话在医院生下肖雪泥，她不但没等到自己的丈夫来医院缴费，还从一群追债追到医院的男人的嘴里得知，她的男人欠下巨款跑掉了。

苏话不愿意相信他会狠心抛弃她和女儿，一直在医院等他，最终等到那些讨债的人没了耐心，扬言再拿不出钱就直接拿她们母女抵债。许是老天爷开了眼，在千钧一发之际，让苏话遇见肖智强夫妇，碰巧方华英被诊断出没有生育能力，两个人又很喜欢刚出

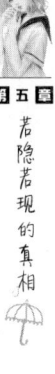

生不久的肖雪泥，苏话便狠心与肖智强夫妇做了交易——他们帮苏话解决她丈夫的债务问题，苏话将爱女送给肖智强夫妇。

"那现在，你后悔吗？"陆星辰被满满的愧疚感包围，强行撕下别人伤疤的行为，实在残忍。

"后悔什么？"苏话红了眼圈，无奈地诉说着，"当时我没有其他办法，只能这么做。不管是谁，把自己的孩子交给别人，肯定会舍不得，可肖智强夫妇说得很对，雪泥在我身边，只会吃苦，而且我怀孕之后就没有工作了，拿什么来养活孩子。与其让雪泥跟着我过苦日子，不如让她去做有钱人家的孩子，要什么有什么，多好啊！"

说到最后，苏话故作不在乎地笑起来，眼里却噙着泪光："要说后悔，大概最后悔的事情就是爱上这么一个男人，他送我的东西，只有那一对'苏'字项链，可当时年轻，轻易相信了爱情……雪泥的名字是我取的，应似飞鸿踏雪泥，人生亦是如此。"

陆星辰自然而然地想到白然，在苏话说出真相的那一天，原本看起来极具意义的冲动，会不会变成毫无意义可言甚至有点儿可笑的行为？

自陆星辰知道肖雪泥是苏话的亲生女儿之后，她每次看到肖雪泥，都觉得肖雪泥的五官与苏话神似，以前没发现的相似之处，仿佛在一夜之间全都暴露在太阳底下。

每天放学，肖雪泥都会说："星辰，我们一起走吧。"

陆星辰不得不以同样的理由拒绝她："快期末考试了，我想留下来做题。"

"又要做题……你每天这么努力就不怕变成书呆子？"肖雪泥的口吻有着和苏话一样的直来直往，就连她脸上的不满表情都没有半点儿收敛。

每到这个时候，陆星辰都会抱歉地笑笑："想要和你上同一所大学，必须努力啊！"

肖雪泥只好妥协，转身就能找到一起回家的小伙伴，像什么都没有发生过一样，和她另外的好朋友有说有笑地离开。

这也是陆星辰最不想看到的场景，迫不得已撒谎，迫不得已把好朋友让给别人，眼睁睁地看着自己的好朋友和别人越来越亲密，然后慢慢地和自己疏远……也不知道是从什么时候开始，好像自己身处的这个平行空间被什么东西迅速毁灭了，周围的建筑或物体全都轰然坍塌，变成了一个辽阔的、凄凉的沙漠，飞速地拉开了她与所有人的距离，包括那个莫名其妙的少年——夏樊。

是的，莫名其妙。

明明是他威胁她要她每天都去他们班上值日的，可他留在教室做功课的那段日子里，只要看到陆星辰来扫地，都会无奈地嘀咕一句："你怎么又来了？"

随后，他会拿着自己的作业本起身离开教室，宁愿跑到楼顶写作业，也不想看到她。

有一次，因为夏樊离开的时候太慌张，不小心把笔掉到地板上，他弯腰拾起的时候没有料到陆星辰会帮他捡笔，手掌后一步覆盖上女孩瘦小的手背，他如触电般跳起来，喊了一声："你干什么？"话末，他连笔都不要了，迅速逃跑出教室。

当时章明晨还在教室，看到这一幕，忍俊不禁："陆星辰，你应该试试他。"

因为陆星辰经常来夏樊的教室扫地，便认识了章明晨。她基本上每次来他们教室扫地，都会看到他和夏樊在一起，每次夏樊见到她都会率先离开教室，然后冲着眼前的这个男生吆喝一声："章明晨！你走不走？"

不过今天，因为夏樊走得太匆忙，忘记叫他了。

"试什么？"陆星辰迷惑地看向章明晨。

章明晨一副饶有兴趣的模样："如果你在他面前提葱花蛋，他不会生气，算我赢，倘若他生气，算你赢。输了的人请客吃一个月的午饭。"

"我在你面前提红烧肉你会生气吗？"陆星辰好笑地反驳，下一秒才反应过来，是"葱花蛋"。

为什么偏偏是葱花蛋？

"这不一样啊！我不怕告诉你……"男生凑近陆星辰的耳朵，继续说，"夏樊十岁那年不知道为啥和葱花蛋结下了仇，无论是谁，在他面前提到葱花蛋他都会生气，有次我们大家一起野炊，连他那青梅竹马嚷着要他做葱花蛋都不行，他当时直接拿着背包回家了。"

连肖雪泥说都不行。

"你知道的，学校食堂就有这个菜，每次有同学无意提起，他都会当场拉下一张脸走掉。你说他奇不奇怪？"章明晨站回到原来的位置，嘴角上扬，胸有成竹，"所以你敢不敢赌？赌你是一个例外！"

陆星辰忽然明白过来，原来夏樊没有忘记她，反而因为小时候的事情，一直在怪她、怨她……所以和她有关的一切，甚至连带着她这个人，他都会一起讨厌吧？

这就是他从一开始处处针对她的原因吧？

她终于理解了夏樊的忽冷忽热，大概因为本质上的善良让他在某些事情上做不到对她彻底绝情才会这样吧，无论如何，她终究欠他一个道歉。

"赌不赌呀?"章明晨见陆星辰不说话,继续追问,"一个月的午餐哦!"

陆星辰抬头,撞入男生盛满期待的眼眸,一个月的午餐确实很诱惑,但她不想作弊:"不赌,因为你一定会输。"

她一想到夏樊始终记得过去的事情却装作不认识她的样子,一直以来被自己熟视无睹的愧疚感便以闪电般的速度在她身体的每一个角落沸腾起来,她迫切地想要向他道歉,可自从那一天起,她就再也没有见过那个少年。

因为他不想天天看到她,所以索性不出现了吗?她不知道。

4

在临近期末考的时候,肖雪泥因为家里的事情总是请假,陆星辰每次问,也问不出个究竟。

期末考结束的那一天,凰城下起了毛毛雨,陆星辰没有带伞,和肖雪泥从考场出来,用书包遮住脑袋,一起跑出了校门口。寒风裹挟着细雨拍打在她们的脸上,非常冷。

肖雪泥的声音在她耳畔响起:"星辰,不如我先让我爸爸送你回家吧。"

陆星辰本能地看向不远处,果然,是肖雪泥家的车子,停在来往的人潮中。

车上的人突然摇下车窗,探出个脑袋,男生拧着眉头的样子就这样毫无征兆地撞入陆星辰的眼眸。

夏樊朝肖雪泥大声喊了句:"快点儿啊!我快吐了!"

晕车体质的人真是委屈。

当他的目光不经意扫到一旁的陆星辰时,骤然顿了一下,本来痛苦得不耐烦的表情发生了轻微的变化,有惊讶,也有一闪而过的悸动。随后,男生飞快地摇上车窗,惊慌的神色被成功地隐藏在了车子里。

陆星辰能明显地感觉到,他在躲她,但不是因为讨厌她,那是因为什么?

不管为什么,陆星辰忽然很想笑,他明明晕车,偏偏为了躲她而委屈自己摇上了车窗。

"星辰?"肖雪泥拉了拉陆星辰的袖子,"你笑什么?"

陆星辰立即收起笑容:"没,我坐公交回去也一样的,下了车就到家了。"

"那我先走了哈,你一个人小心点儿!"肖雪泥没有多劝,因为车里的那个少年在催她,她朝车子蹦去的身影,欢快雀跃:"来啦来啦!催什么催呀!"即使她不知道车里的少年能不能听见她的声音，也一直保持着嗲嗲的语气。

陆星辰在公交站等车的时候，意外地撞见带着雨伞来接她的苏话。

"你怎么来了？"陆星辰接过苏话递过来的伞，"雨那么小，我可以自己回家的。"

"我们不回家。"苏话表情认真。

"去哪里？"

"去找你妈妈。"

没有一点点心理准备，苏话的话来得太突然，陆星辰以为自己听错了："你说什么？"

"去找你妈妈。"苏话耐心地重复着。

没有错，就是去找妈妈。

她知道苏话会在期末考后告诉她白然去了哪里，可从来没有想过，能见到妈妈。

一切来得太突然，陆星辰不知道在见到母亲的时候，该以什么样的姿态站在母亲的面前，又该有什么样的表情甚至说什么样的话，那么多年了，她的妈妈还会是她记忆中的样子吗？妈妈，还会记得她吗？

"你说妈妈还会不会认得我？"一路上，陆星辰又紧张又兴奋，心脏突突地跳着，就算是上台领奖都没有那么紧张、那么期待。

苏话侧目看了一眼陆星辰，她的眼里闪着光，微红的脸颊浮现出满满的喜悦，几缕发丝柔软地贴在她的嘴角，依然掩饰不住她因为兴奋而不自觉扬起来的嘴角弧度。

那么多年了，苏话从未见过陆星辰笑得那么开心，那么认真。

"无论你多少岁，她一定都会认得你，因为她是你的妈妈。"苏话似笑非笑，想象着陆星辰见到母亲之后的场景，突然有些难过。

出租车开出了市中心，朝越来越僻静的道路驶去，葱郁的树木在车道两旁一闪而过，雨水飘在车窗上，渐渐模糊了窗外的风景。陆星辰忽然有种不祥的预感。

为什么，妈妈会住在那么远那么偏僻的地方？

直到车子停在一座山脚下，窗外是巨大的石碑牌匾，上面写着"西山墓园"，陆星辰才奇怪地回头看向苏话问："是不是来错地方了？"

"没错。"苏话笃定地回答，随即下了车，"她就在这里。"

陆星辰跟在后面，撑起了伞。

　　她们踩在湿漉漉的地面，耳边除了鞋子与地面相互贴合的声音，便是呼呼的风声，整个墓园安静得有些吓人，不知道是不是因为这个地方宁静而偏僻，陆星辰总觉得比市中心的气温还要低，寒风蹿进袖口或灌入脖子，都是刺骨般的冷。

　　"我妈一直都在这个地方工作吗？那她为什么不到市里找我？"陆星辰小声地抱怨，走上坡路的时候有些吃力，"为什么你现在才告诉我？"

　　"因为……"苏话停下来，歇了歇，"她哪里都去不了。"

　　"为什么？我妈生病了吗？"陆星辰迷惑地问，如果白然真的生病了，她是可以理解白然不找她的，可低下头，就看到眼前的墓碑上赫然刻着几个大字——"爱女白然之墓"。

　　爱女，白然。

　　不是别人，是白然。

　　所有的期待与在她脑海里反反复复设想的场景在一瞬间归零，好像突然病了一般，心脏猛地往下沉，浑身没了力气。

　　陆星辰语气虚弱地问："怎么不走了？"

　　她急切地希望听到对方类似"歇一会儿再走"的回答，可是没有。

　　只见苏话目不转睛地盯着墓碑，声音沉沉的："她不是生病了，是被人害死了。"

　　就这样，陆星辰猝不及防地听到一个晴天霹雳般的消息——你妈妈不仅死了，还是被人害死的。

　　心脏仿佛在刹那间静止，她连呼吸都觉得难受。

　　陆星辰死死地盯着墓碑上的名字，心痛欲裂，她等了那么多年，只是等来这样一个结果。

　　为什么苏话一直没有和她说实话？任由她像个傻子一样被蒙在鼓里，傻傻地期待了六年，找了六年？

　　苏话看穿了她的心思，深吸一口气，娓娓道来："你妈妈在我到村子里找你的那一年，就已经去世了。当年到村子里找你的时候，我才知道原来你爸爸一直都没有告诉你她去世了，当时的情况，你爸爸他又……"

　　"你爸爸他又重病住院了，我真的不忍心告诉你真相，我怕你承受不住。"苏话悲伤地叹了一声，"其实白然的命也挺苦的，但她比我幸运多了，你爸爸虽然穷，但是真的很爱她。她为了和你爸爸在一起，不顾家里人反对，跟着你爸爸回了乡下，自那以后，我和她就很少联系。直到她被父母找到，抓回凰城，我才知道她已经在乡下生下了

你。有一天深夜,她从家里逃出来,拿着一本存折匆匆地找到我,告诉我说这是星辰以后的学费,千万要保管好,第二天,别人就告诉我说白然死了,好好的一个人,就这么死了。"

"为什么?"陆星辰泪流满面,泣不成声,只觉得更冷了。

"谁也不知道怎么死的,大概只有白家的人才最清楚吧。"苏话意味深长地冷笑起来,眼神悲痛,"她把存折交给我的那天晚上,一直在哭,说什么千万不要让她家里人知道,特别是她的父母,否则属于她的财产一分钱都留不了给你。你说怎么那么巧?当时白家在凰城是很有名的商户,你妈妈死后,商界的人都在传你妈妈是因为财产纠纷被人害死了,我一个人在凰城漂泊,哪里有什么关系去打听实情,别人这么说,我就这么听。"

陆星辰难以置信地摇了摇头,此刻的她,被冷风吹得面色苍白,含着眼泪一直抽噎,她想说话,心却被扯得生疼,好像只要开口,心就会痛一下,痛得她怎么都连不成一个句子:"所以……所以……你也不知道……"

"这就是我为什么不允许你去找白家的人的原因,你想认亲,人家未必想认你。"苏话表情冷淡。

陆星辰不明白,如果真的如苏话所说,为什么白松夫妇会到村子里找她?如果找她不是为了认亲,还能有什么事情?可如果白家的人把她当成亲人,为什么妈妈在世的时候,白家的人不允许妈妈给她留一分钱?

没有人告诉她答案,好像所有的谜底都等着她去一一揭开。

从墓园回到家里,无论苏话说什么,陆星辰都没有再说话,她好像回到了父亲去世的那一年,把自己关在房间里,不管别人怎么关心她,都充耳不闻。

对别人来说,白然已经死了六七年,再大的悲伤也会被时间冲淡,可对陆星辰来说,她的妈妈才刚刚死去,时间有再大的本事,也不可能一下子将她的悲痛完全消除。

寒假以这样一个噩耗开始,有时候苏话会害怕陆星辰在房间里做傻事,隔十几分钟就对着房门开始拳打脚踢,可房内依旧毫无动静。

直到有一天,苏话做好饭菜之后仍不见陆星辰开门,忍无可忍地大吼了一声:"陆星辰,你要是饿死在里面,你妈妈死也不会瞑目的!"

然后,她好像听到了房内的脚步声。

苏话觉得奏效,又说:"如果我是你,我不会让妈妈死得不明不白,与其躲在房间里逃避现实,不如大大方方地去查清楚妈妈究竟是怎么死的。"

果然，下一秒钟，苏话看见房门被打开了，面前站着双眼肿得像核桃的陆星辰。

"我好饿。"陆星辰的声音沙哑。

苏话迎上陆星辰红肿的双目，心一软，伸手揉了揉陆星辰的脑袋："还好放假了，不然你这样上学一定会被同学笑话。赶紧吃饭吧！"

"我吃完饭，想去医院看爸爸，和爸爸说说话。"陆星辰咬着筷子，眼圈又红了起来，难怪以前妈妈总是教育她不要嫌贫爱富，想起爸爸嗜酒的样子，心里一阵接一阵地难受。那时候，爸爸一定很难过，所以才会在每次嗜酒之后骂自己是个没用的东西。

苏话夹着菜的那只手收了回来，她想，无论真相有多重要，她都没有理由再去抢走陆星辰的最后一根救命稻草。

她轻声说道："去吧，但是你这样子出门，被你爸看到了，他会担心的。"

陆星辰抬手摸了摸眼睛，真的有些肿。

"那……我过几天再去吧。"陆星辰如同获得了莫大的安慰，暗暗舒了一口气。

那么多年以来，连她自己都不知道，她每一次说要去医院看爸爸的时候，总有这样那样的理由阻止她去医院，而那些她告诉苏话爸爸在医院都对她说了什么的话，不过是她自己想象出来的罢了。

第六章
被重新定义的关系

Qingtian You Yu, Yusheng You Ni

1

南方的冬天过去，迎来的是潮湿阴冷的春天。

新学期来临的时候，苏话给陆星辰买了一件新外套，是学院风的毛呢大衣，本来款式挺让陆星辰喜欢的，偏偏是她无感的少女粉。

"好粉……"陆星辰盯着镜子里的自己，清冷的神色与这件外套的颜色格外不搭，"好像我不大适合这样的颜色。"

"女孩子就应该穿这种颜色，你都没一件粉红色的衣服，该换换风格了。"苏话不以为然，看着陆星辰，觉得挺满意，"你笑一下，笑得甜一点儿，就适合了。"

笑一下，笑得甜一点儿……为什么脑子里会浮现出肖雪泥的招牌笑容？

那个女孩，好像和谁说话，都能笑得很甜，仿佛全世界的人都宠着她一般。

谁不希望成为那样的人呢？所以陆星辰很听话地对着落地镜里的自己缓缓地扯了扯嘴角，嘴角慢慢上扬，终于形成一个勉强还算好看的笑容，但是不甜。

她还是觉得自己不适合这样的颜色。

"能不能拿回去换一个颜色？"陆星辰抿了抿嘴，小心翼翼地试探苏话。

"换什么换呀？这个可是限量款的！可是我下血本给你买的，别换了，我觉得挺好看的。"苏话一边说一边摸着衣服，"品牌衣服就是好啊，手感都不一样。"

品牌衣服！限量款！

陆星辰震惊地看向苏话，第一反应就是一定很贵！

"花了多少钱？"陆星辰觉得肉疼。

"我花的又不是你的钱！"苏话收起笑容，故作生气地推了推陆星辰，"赶紧上学，换衣服换了一上午，开学第一天别迟到！"

听到最后一句话，陆星辰才没有和苏话继续计较，匆匆忙忙地离开。

到了学校，陆星辰意外地看到教学楼前的宣传板上贴着上学期期末考试的年级排名表，本来只是想去看看那张光荣榜上会不会有自己的名字，结果从榜上最后一个名字看到第一个名字的时候，连自己都震惊了。

年级第一名——陆星辰。

寒假的时候，陆星辰已经收到过期末考的成绩单，当时她看了成绩，还算满意，只想着自己应该不会继续倒数第一名了，从来没有想过那样的成绩竟然能成为年级第一。

她本能地想要知道肖雪泥会排在哪里，顺着自己的名字找下去，第二个位置竟然是夏樊的名字，紧接着三四五六七八九十……都没有"肖雪泥"，她是在第五十名的位置看到肖雪泥的名字的。

突然间，她不知道见到肖雪泥时该以什么样的表情出现——假装没有看到光荣榜？还是应该主动安慰她？或是虚心地表示自己也很意外？怎样都觉得很虚伪，什么话语都像是在炫耀。

陆星辰觉得自己真奇怪，为什么考了第一名，却高兴不起来？反而像作弊得来的成绩一样，很心虚，见不得人。

就在陆星辰不知道该以什么样的姿态出现在肖雪泥面前的时候，随着一声惊讶的女声，让她在教室门口迎面撞上从洗手间回来的肖雪泥："你看，陆星辰穿了和你一样的外套！"

三个人都惊讶。

撞衫带来的尴尬让陆星辰非常后悔没有坚持自己心里的想法而拒绝身上这件衣服，因为一模一样的外套，对方穿起来更甜美更可爱，更像官方标配，而自己穿上，怎么看都不伦不类。

肖雪泥从惊诧中回过神，慢慢走到陆星辰的面前，带着兴致不太高的笑容对陆星辰说了一句："你来了啊！"

别来无恙的口吻，没有对"撞衫"发表任何看法，好像她身上穿的衣服和陆星辰穿的那一件是不一样的，连寻常的一句"你也有这样一件衣服啊"都没有。

"嗯。"陆星辰暗暗咬唇，从对方微笑的表情中分解出来的刻意无视的成分，让她在一瞬间失落。

两个人一前一后地走进教室，因为两件一样的外套吸引了不少目光，不知道是谁大声喊了一句"陆星辰身上的那件是冒牌货吧"。

陆星辰心里有个很强烈的声音在反驳——不是，这是苏话下血本给她买的。

可不知道为什么，她连抬头的勇气都没有，在前所未有的注视中前行，从心底不断弥漫出来的自卑让她越来越难堪。而肖雪泥是天生的发光体，自始至终抬着头的她，像骄傲的公主一样无所畏惧地走在陆星辰的前面。

明明是同样的衣服，以及同样一米六的身高，连骨架子都是一样的宽度，却穿出了天壤之别的效果，真是令人难过。

和后面的事情比起来，这都不算什么。让陆星辰更尴尬的事情是开学的第一堂课——班主任的课，整整一堂课都在总结上学期期末考。

本来只是简单的总结，班主任却在结束的时候说了这样一番令陆星辰不知所措的

话:"我知道上学期期末考的试卷有点儿难,我也能理解大家为什么会考那么差,但有一件事,在座的每一位同学都必须认真思考,为什么那么难的考卷,陆星辰还是能从班上倒数第一名跑到了班上第一名乃至全年级第一名?为什么本来的第一名,退步了那么多?"

老师说话的时候,目光会有意无意地扫在肖雪泥的身上,好像这番话就是特地说给她一个人听的。

正因为这样,陆星辰坐在肖雪泥旁边,不知道要摆出什么样的表情才是正确的,连双手都不知道该不该放在课桌上。被表扬是一件好事,可这样的表扬,如同让她公然与班上所有人为敌一样,只有你一个人进步,所有人都在退步。她不喜欢这样,偏偏老师又拿她和肖雪泥举例。

陆星辰忍不住偷偷瞥了一眼肖雪泥,只见女孩高傲的侧脸异常平静,看不出情绪。

好不容易熬到下课,陆星辰才笨拙地开口:"其实,你也不用太难过,要考试的那段时间你家里不是出事了吗?考不好很正常。"

肖雪泥侧目,一双亮晶晶的眸子正不解地盯着陆星辰:"我没有难过啊。"

但是,考不好,一点儿都不正常。因为从小学到现在,她从来没有出过"前三名以外"的意外。

"那就好。"陆星辰认为自己小题大做,对方并不像她那么在乎成绩,也许是因为其他事情,"如果你有什么不开心的,可以和我说,虽然我不知道能不能帮到你。"

"我去个洗手间。"肖雪泥有些烦躁,她讨厌有人一而再再而三地提起成绩的事情。

很早之前,肖雪泥就发现女卫生间是个神奇的地方,虽然环境不好,但特别招"秘密"喜欢,那些以为不被人知道的大大小小的秘密,几乎全都是在女卫生间里传出来的。至少,她听到的那些和自己有关的言论,大部分都是在这里听到的。

"陆星辰能考全年级第一,真的是个奇迹啊!"

"对呀,没有想到肖雪泥这次考砸了。"

"是该有人灭一下她的威风了。"

"对对对!你听说了吗?陆星辰和肖雪泥喜欢的那个夏樊,据说关系不一般呢!"

"不奇怪啊!陆星辰喜欢夏樊很正常,那么好看的男孩子,我也喜欢,哈哈……何况人家一个是第一名,一个是第二名,共同话题多着呢!"

"搞不好陆星辰利用肖雪泥接近夏樊呢。"

肖雪泥站在狭窄的厕所隔间，听着远去的脚步声，才漠然地打开厕所隔间的门，看着镜子里那个不常见的阴郁的自己，不禁有些悲哀。

明明表面看上去和自己相处得那么融洽的同学，总是能够被她遇到她们那么不屑地提起她，好像她们和她有着什么深仇大恨一样，巴不得她过得不好，甚至希望有人来替她们收拾她。

她已经不记得是第几次在厕所听到别人这样厌恶地讨论自己了，她甚至都分不清谁在背后说过她的坏话，而谁没有，所以对谁都是一副友好和谐的态度，好像和谁都是亲密无间的好朋友。

其实，她比任何人都清楚，一次成绩不能代表什么，她不可能因为一次成绩就彻底和陆星辰决裂，她在意的不过是陆星辰与夏樊的关系。是不是真的像传闻里说的那样不一般？陆星辰和她做朋友，会不会真的另有目的？

肖雪泥知道陆星辰对她有所隐瞒，只是介于许多不确定的因素让她无法对这段友情做出一个明朗的态度，于是她像对待所有的朋友一样，一边怀疑，一边维持着"好朋友"关系。而今，因为那些流言蜚语，她不得不重新审视陆星辰，也不得不承认，夏樊是她的底线，任何人都不能跨越的底线，包括陆星辰。

可能连肖雪泥自己都没有发现，自从去了一趟卫生间以后，她对陆星辰的态度更加冷淡了。她甚至不想和陆星辰讲话，在课上和别人传纸条，也没有让陆星辰帮忙传过去，而是直接跳过陆星辰，让陆星辰旁边的女生帮忙传递。

陆星辰并非感觉不到自己被人排斥了，只是她向来不擅表达最真实的情绪，只能看着在眼前飞来飞去的纸团去猜测纸上写着什么内容，有没有和她有关的。

自己的好朋友和别人有了连自己都不知道的秘密，这是一件非常讽刺的事情。她只能暗暗地安慰自己，肯定不是什么稀奇的内容啦，一定是某某明星的八卦，或是某个牌子新出的包包或衣服云云，反正她不关注这些，肖雪泥自然不会同她聊起这些，只能另寻有共同爱好的人。

眼尖的班主任还是看到了从空中飞落到肖雪泥桌上的小纸团，忽然厉声呵斥："肖雪泥，不想上课了是不是？成绩退步成这样，还不嫌丢人吗？"

这个声音，几乎把班上所有走神的同学都吓到了，包括陆星辰。

她惊慌地望向班主任，后知后觉地明白过来班主任是在批评肖雪泥，转头看见羞愧得不敢抬头的肖雪泥，女孩的一只手正搁置在桌上，轻轻地捏着那个小纸团，不知所措。

成绩退步,被当众批评,对肖雪泥的打击应该很大吧?

也不知道是哪里来的勇气,陆星辰直接伸手抢走那个小纸团,从位置上站了起来,直面迎上班主任严厉的目光,心惊胆战地说道:"老师,您误会了,这不是她的,是我的。"

话毕,肖雪泥和那个与她一起传纸条的女生一齐震惊地看向陆星辰。其余的看热闹一样的目光,也全都聚拢到了她的身上。

班主任被忽然站起来承认错误的陆星辰弄得一脸尴尬,语气依旧透着怒意:"谁给你的?"

陆星辰自知不能抖出另外一个女生,面对老师的责问,只好低下头,一声不吭。

而肖雪泥,则因为陆星辰的沉默,越来越忐忑。她不知道平时循规蹈矩的陆星辰,是否能招架得住如此愤怒的班主任。

"不说是不是?"陆星辰起身纠正老师错怪了同学,已经让班主任很尴尬了,班主任自然不会看在她拿了全年级第一的成绩上放过她,"包庇同学,就到操场跑十圈!加上你自己的那十圈,一共二十圈!"

二十圈!

听到这个数量,班上的同学不约而同地发出一阵唏嘘。

特别是肖雪泥,她瞪大了双眼,侧目看向陆星辰的时候,生怕女孩因为这二十圈的操场长跑而说出实情。

只见陆星辰纹丝不动地站在那里,她清冷的眸间有一份出乎意料的淡定,几秒钟之后,她面无表情地走出教室,动作一气呵成,毫不拖沓。

那一刻,肖雪泥又意外又后悔,陆星辰"舍己为她"的行为与她的猜疑形成了鲜明的对比,她不确定是不是自己想太多了,可面对陆星辰的挺身而出,她的确很内疚。

她明明有一个对她那么好的朋友,为什么要亲手将对方推开?

陆星辰走下楼梯的时候,趁着没有人注意自己,忍不住打开了手里的纸团,几行熟悉的正楷刺痛了她的眼睛——

她早就没爸爸了。

真的啊?

听说妈妈还不要她了呢!

那她挺可怜的。

是的,所以偶尔让她一下是应该的。

女生的手指朝着掌心慢慢收拢，力道逐渐加深，很快将摊开的纸张抓成了一个纸团。

陆星辰有点儿想笑，感觉自己就是一个傻子——你把她当成好朋友，英勇地替她扛下惩罚，可她未必把你当成好朋友啊。

而后，陆星辰随手把纸团扔进垃圾桶，头也不回地朝操场走去。

她想，忘了吧，忘不了就算了吧，为什么要对号入座？纸团上的内容也没有指名道姓地说是你陆星辰呀，何况你是有爸爸的人，爸爸在医院呢。

2

十点多钟的操场，被春日的阳光笼罩着，塑胶跑道包围的足球场上还有正在上体育课的男生在踢球，陆星辰回头看了看自己的教室所在的位置，成功地被一棵大树挡在了后面，当时她想，就算她一圈都不跑，也不会有人发现的吧？

这么想着，陆星辰的胆子变大了一些，慢吞吞地跑了起来。

夏樊就这样出现了——不像小说里描写的那样，少年带着像阳光一样和煦的笑容朝她款款走来，她只看见他分外狼狈地斜坐在跑道旁边的台阶上，头埋得很低，正不断地对着右腿的膝盖吹气，看起来应该是踢球的时候受了伤，正在处理伤口。

即便是这样，陆星辰也忍不住惊喜。

她已经太久太久没有见到他了，哪怕在那段他躲她的日子中间还隔着一个令人难过的寒假，那种迫切想要道歉而得到原谅的心情，一点儿都没有变。

陆星辰从外套的口袋掏出一包纸巾，仔细地抽出一张递到夏樊的面前："给。"

只是一个很轻很轻的发音，都能轻易荡起他心底的涟漪——是他太熟悉的音色，好像穿越了大半个世纪才飘到他的耳膜里一样，又意外又欢喜。

是的，欢喜。夏樊不愿意承认且一直被自己努力克制的欢喜。

他有意掩饰心中最真的感受，立即沉下一张脸说："我不需要。"

"用这个吧，手是止不了血的。"陆星辰以为男生好面子在逞强，没有太在意，直接把纸巾塞到他的手里。

温热的手掌心被她的指尖触到，带来的微凉使他心头猛然一滞，他慌慌张张地把手里的纸巾丢了出去，恼羞成怒："我说了我不要！"

说罢，他自顾自地站起来，想要离开。

陆星辰愣愣地望着被夏樊扔掉的那张纸巾，虽然从一开始她能猜到夏樊对她的态

度不会有多友好，但当事情发生之后，她还是忍不住难过——肖雪泥是这样，他也是这样，好像自己总是一厢情愿地为别人好，其实人家根本不需要。

她感受着夏樊与她擦肩而过带起的那阵风，终于缓缓开口："你那么讨厌我，是有原因的吧？"

夏樊闻言，诧异地停下脚步，背对着陆星辰，思绪万千。

与其说是讨厌，不如说是害怕——害怕自己会忘记妈妈昏迷不醒的原因，害怕心里那颗已经开始发芽的种子一不小心就长成了参天大树，害怕自己一直陷在矛盾的沼泽里，举步维艰。

陆星辰慢慢地转过身子，看着男生表情纠结的侧脸，心头涌上一股浓烈的委屈。

她不是讨厌他，只是非常不理解他的种种行径："至于吗？我承认我没有找人去救你是我不对，可你有必要一直耿耿于怀吗？你现在不是活得好好的吗？不满意就说出来好了，为什么要一边装作不记得我了，又一边因为小时候的事情处处为难我，你不觉得你太过分了吗？"

陆星辰在心里设想过无数次挑明这件事情的场景，从来没有想过会以这样一种极其不满且非常委屈的姿态去控诉对方，本来打算诚恳道歉的，却事与愿违。

夏樊很清楚自己对她的感情，是很清晰的一半怨恨一半欢喜，而今她擅自打开了"怨恨"的那扇门，贸然地闯了进去，固然会引来他的不满。

他默默握紧了拳头，压抑着满腔的愤懑转身，直视陆星辰："我太过分？如果不是你忘恩负义，我妈就不会为了救我不幸摔下山昏迷不醒！跟你比起来，我只是扔掉你一张纸巾，而你却害得我妈卧病在床那么多年！到底谁过分？"

陆星辰震惊地望着眼前的人，第一次被人那么深恶痛绝地责备，丝毫没有想要为自己辩解的欲望，反而被更深更满的愧疚堵住了胸口，后悔莫及。

她的确没有资格去责怪他，她比谁都能理解失去母亲的痛，甚至比夏樊更讨厌自己，如果当年她能想起爸爸喝醉了，不应该跑回家找爸爸，而是应该找村里的其他人或者跑去找夏樊的家人，也不至于在后来被更大的悲痛促使她忘记那么一回事。

"对不起，我不知道……"陆星辰欲言又止，眼里闪烁着泪光。

夏樊难过地笑起来，讥诮道："我妈不会因为你的一句'对不起'就能醒过来。"

她知道，她都知道，可是除了说"对不起"，她还能说什么？

她只能反复地道歉，想办法去弥补："我不知道要怎么做才能补偿你，但只要你开口，让我做什么都行。"

做什么都行。

夏樊感觉到心里的喧嚣在这一刻归为沉寂，有个清晰的声音在嘲讽自己——不管怨恨有多大，都被日渐相处积攒下来的同情与关心覆盖了，他从未真正想过要她做出什么样的补偿，只是以各种一时兴起的恶作剧来欺骗自己对她没有怨恨以外的感情。

连他也没有想到，积攒了多年的怨恨会在重逢之后发展成荒腔走板的故事。

"如果不止高中三年，让你一直帮我值日你愿意吗？别太高估自己的忏悔之心了！"夏樊故意做出一副嘲讽的姿态，清亮的瞳孔里掠过大片的不屑。

他深知，无论她补偿什么都回不到当初，宛如被人取走了拼图中的一小块，怎么拼，都拼不回原来的样子。所以，他索性走掉。

意料之外的是，从身后传来了陆星辰格外坚定的声音："好！我和你考一样的大学，继续帮你值日！"当然，前提是她一直保持着这样的成绩。

这个声音，在阳光还不够炽热的春日上午，急速地提升了男生身体里血液的温度。

随口的一句玩笑话被她当真，他不知道该高兴还是应该笑她傻。

就这样，两个人形成了以后都会牵扯在一起的约定。

在无法预知的未来面前，于惴惴不安的基础上，两个人都多了一份小小的期待。

这也是他们唯有的心照不宣的默契——他拼命朝着一个更好的方向前进，不让她有偷懒的机会，她不希望因为自己学习上的怠慢影响了她最后无法选择他报考的学校而再一次食言，于是更加努力。

最后，陆星辰没有跑完二十圈的惩罚，站在跑道一旁汗流浃背，又累又热。不久后，她被下课了的肖雪泥拉回了教室。

"星辰，你好傻啊！"肖雪泥扶着急促呼吸的陆星辰，娇嗔道。

好像什么都不曾发生一样，手挽手的动作，带着一如既往的亲昵。

陆星辰想起纸团上写的句子，暗暗在心里回应着："是挺傻的。"

对方似乎对她的心思一目了然，停下脚步，埋怨道："都怪陈晓澜，非要和我聊以前初中的一个同学，人家爸爸妈妈都不在了，她还老和人家闹别扭，都不懂得谦让一下。"

非常自然的口吻，毫无刻意解释的痕迹，陆星辰却在肖雪泥朝自己探过来的目光中察觉到了不一样的意味。

那样的目光，带着不确定，也带着小心翼翼，如同做错了事情，想要得到原谅又害怕被揭穿。所以，肖雪泥是怀疑她偷看了纸条才故意这么说的吧？

想到这里，陆星辰不禁为自己偷看了别人传递的内容而心虚，加上无法判断肖雪泥说的是不是真的，她只好笑笑："老师也没追究我跑了几圈，就算了吧。"

肖雪泥有些感动，她游移在真真假假的友情中那么多年，大概只有这一刻是能百分之百地肯定陆星辰是唯一一个对她好的朋友的。她忽然很后悔，对那些像自己一样八卦的女生说了不该说的话，参与了不该参与的和陆星辰有关的话题。

肖雪泥想了想，假装不经意地说道："你知道吗？因为这次考试，大家都在说你喜欢夏樊，是不是很扯？"

陆星辰愣了一下，"喜欢"这个词突然闯入她的世界，让她有些不适应："难怪我和大家玩不到一块儿去，我就没有八卦的天赋。"

"那星辰觉得夏樊帅不帅？"

"你喜欢的人，我敢说不帅吗？"

"讨厌！"话毕，肖雪泥终于明媚一笑，所有的猜疑和担心就这样结束，宛若在寒冷的天气中轻轻哈出的一团雾气，会渐渐融进看不见的空气里，淡出视线。

她挽着陆星辰的那只手更紧了，心情愉快："星辰，我们永远做彼此最好的朋友好不好？"

"好。"陆星辰慢半拍地朝女孩灿烂的侧脸投去探寻的目光——哪怕我以后的成绩都有可能走在你的前面，变成一道挡在你面前的墙，遮住了你该有的光芒，你也会依旧像现在一样喜欢我这个朋友吗？

她迫切地想要知道答案，却只会反反复复地在心里问自己，然后像很多事情一样，就算没有答案，也会依着时光的轨迹前行，就算被淡忘了，也切切实实地存在在某个角落。

后来的日子，春雨连绵，整座凰城处于一种又潮又冷的状态，连同人的心情，都会因为这个不讨喜的天气变得阴郁起来，但今年的春天，对陆星辰来说有点儿不一样。

自从她替肖雪泥承担惩罚之后，她明显地感觉到肖雪泥对她和对别人的态度不一样了——更亲密，更形影不离。

无论肖雪泥做什么，总会拉着陆星辰做伴，陆星辰享受这种"非她不可"的待遇的同时，也有点儿心虚——每一次放学被肖雪泥邀请她一起回家的时候，她总会以层出不穷的理由拒绝对方而偷偷溜到夏樊的教室打扫，越来越愧疚。

陆星辰不是没有想过对肖雪泥坦白，有一次她刚要开口，硬生生地被肖雪泥口中的八卦吓得不敢再有坦白的冲动——

"星辰，你有没有听说有个女生在追夏樊？"这样的八卦，肖雪泥总是比她先一步知道。

"嗯？"

"据说那个女生为了追夏樊总是跑去帮夏樊值日，还讨好他们班上的人呢，几乎承包了他们班每个人的值日！"

"啊？乱传的吧！"谣言总是与真相差个十万八千里。

"不知道是不是乱说的，反正只要不是你就好，嘻嘻。"

"……"

"对谁的态度都是淡淡的陆星辰，应该也不会喜欢上哪个男生吧。"

陆星辰的心情开始变得复杂起来，就像一碗清水被加入了不同的调料，被筷子搅拌得浑浊不清。

最明显的是，陆星辰每次打扫完夏樊班的教室去倒垃圾的时候见到村长都会心虚，村长随口的一句"怎么又是你值日"，就彻底地让她陷入尴尬的境地，每逢这时候，她像个做了坏事被发现的孩子，总是闷着头跑开。

直到有一次，村长直接喊住了她："星辰，快回来，我有话和你说。"

陆星辰迫不得已停下脚步，有些讷讷地回头，迎上村长一脸的欣喜。

"你外公回凰城了，昨天我看到他了。"

"啊……真的啊？"若不是突如其来的消息，她差点儿在越来越多的卷子中忘记她要找这么一个人了。

"是啊，我特地问了他住哪儿，我给你地址吧。"村长和颜悦色，随后从陈旧的外套里掏出一张纸条递给陆星辰，"没准儿你很快就能见到你妈妈了。"

陆星辰闻言一滞，有话卡在喉咙怎么都吐不出来——妈妈……已经去世了啊。

她垂下眼眸，握着手里的纸条，有浅浅的暖意，久久才说："村长，谢谢你。"因为伤疤被突然掀开，她还是会有些难过，以至于声音里带着明显的哭腔。

"傻丫头！哭什么鼻子哟！这不是值得开心的事情吗？"村长伸手要拍陆星辰的肩膀，又因为担心自己一直整理垃圾的手弄脏了女孩的衣服，讪讪地缩了回去，"天气冷，天黑得快，赶紧回家吃饭吧！"

"好。"陆星辰乖巧地点头，拖着垃圾桶走了。

她恍恍惚惚地走到公交站,打开手里的纸条,看着上面那行字迹清晰的地址,突然不想回家了。

烟雨迷蒙的城市,在大雾中亮起的霓虹灯失去了焦距,形成一个个模糊而柔和的光圈,把原本白茫茫一片的天空衬得五彩斑斓。

陆星辰根据纸条上的信息,在一排别墅中找到了1-25号门牌,眼前是和肖雪泥家差不多的别墅,但房子看上去有些陈旧,眼前的铁艺门也生锈了,周边的野生花草丛生,看得出来很久没有人打理了。

陆星辰犹豫了半晌才按下门铃,不一会儿有个围着围裙的中年妇女走出来狐疑地打量着她:"你找谁?"

"请问……白松白老先生是住在这里吗?"陆星辰有些迟疑。

"是的,你是?"

"我找白老先生,他在家吗?"

"白老先生昨天才回国,他特地吩咐不随便见客,你告诉我你是哪位,我好帮你传话。"

"这样……"为了能见到人,陆星辰只好唐突地说,"我叫陆星辰,白然的女儿,白老先生的外孙女。"

对方听到"白然"两个字诧异地看了看陆星辰,良久之后才意识到自己的失态,连忙对陆星辰说:"你先等一会儿。"然后匆匆转身小跑进了房子。

五分钟之后,那个中年妇女从屋子走出来,抱歉地对陆星辰说:"姑娘,你走吧,白老先生说今天不见客。"

陆星辰没想到白松竟然不见她,执拗劲儿立刻上来了,她咬了咬嘴唇,坚定地说:"他不见我,我就在这儿等他,等到他见我为止。"

她一等就是一个小时,彼时天已经黑了,周围是沉沉的夜色,幽静得都能听见风吹草动的声音。夜晚的风加深了几分凉意,陆星辰被细雨淋湿哆嗦得越来越厉害,终于忍无可忍地喊起来:"你不见我一定是心虚了吧?我妈妈怎么死的,肯定跟你们脱不了干系!"

虽然她看起来理直气壮,其实心里很慌。

不能否认的是这招很奏效,刚刚那个女人急忙开门跑了出来,好言相劝地希望陆星辰不要再闹了。陆星辰自然不会乖乖服从,反而喊得更起劲儿了。

"让她进来!"突然,混合在不同音色中的一句话,带着浑厚的沧桑感,却铿锵有力，像命令一样传入陆星辰的耳膜。

她立马收住了自己的声音，朝声源处望去，还来不及看清对方的长相，对方已经挂着拐杖进屋，严格来说她只看到一个蹒跚的背影。

"进来吧。"中年妇女松了口气，打开铁艺门。

陆星辰忽然有些迟疑了，好不容易得到"召见"，她反倒心虚起来——若妈妈的死和白家有关系还好，若没有，她岂不是在污蔑别人？何况对方还是她的外公……虽然从未见过，但到底是亲人。

屋内，是传统的中式复古装修风格，一切以木制家具为主，宽敞的大厅被一扇雕花屏风分割成饭厅与客厅，白松板着一张脸坐在屏风后面的沙发上，听到脚步声也没有侧目，保持着原有的神色，直到陆星辰站到他的面前。

陆星辰见到威严可畏的白松，原本慌乱的心更是一阵不安，她以为外公会是个像村长那样和蔼可亲的老人，没有想到和电视里那些家财万贯的老人一样不苟言笑。

"你从哪里听说的？"白松把手搁在拐杖上，坐得端正，淡漠而有力的声音，带着微微的怒意。

陆星辰闻言一怔，显然被这个命令般的声音吓到了，莫名地陷入一种被审问的状态，一时不知所措。

"我活了那么多年，还没见过谁敢在我面前大呼小叫的！"白松沉着一张脸抬头，直视满脸不安的陆星辰，忍不住哼了一声，"我女儿怎么死的，被谁害死的，还轮不到你来抱不平。"

白然是她最亲的人，是她的妈妈，为什么会被对方说得毫不相干？

陆星辰一脸错愕地抬头，迎上白松满脸的鄙夷，有些不悦："她是您的女儿，也是我的妈妈！她怎么死的，我应该有知情权吧？"

俨然到了一种不可能认亲的地步，陆星辰心想，别说认亲了，白松明显对她充满了敌意，这简直太不符合常理了。

"妈妈？"白松冷哼了一声，反唇相讥，"她死的时候，你和你那个一无是处的爸爸在哪里？你现在突然跑来认亲，是不是当年你那个无用的父亲对你说了什么？对我们白家的财产有什么企图？"

财产？企图？

陆星辰既好气又好笑："不许你侮辱我爸爸！"

"是不是侮辱你们心里不清楚吗？我虽然没有孙子，但也不至于让白家的财产落入

外人的手里!"

原来,对眼前的人来说,她不过是一个外人。

陆星辰大惊失色,忽然想起苏话的那句话——"你想认亲,别人未必想认你。"

她不愿意自己只有一腔的孤勇,象征性地挺起了胸脯,字字清晰地说:"为什么我妈妈被你们带回凰城之后,就突然去世了?"

说起妈妈去世,陆星辰还是没忍住泪水在眼眶里翻腾,模糊了视线。

"你胡说什么?"白松气得站了起来,满脸通红,颤抖着手抬起了拐杖指向陆星辰,"你非要追究然儿是被谁害死的,那我明确告诉你,你父亲和那个医院里的医生都脱不了干系!你怎么不去问他们?跑来问我这把老骨头?"

陆星辰难以置信地摇着头:"你撒谎!"

"我撒谎?你去问问你父亲不就知道了?"白松激动地反驳,忽然想起了什么,又说,"也对,他已经没有机会告诉你真相了!"

"我的女儿怎么死的,我最清楚。"白松按住自己的胸口,努力让自己平静下来,一旁的中年妇女急忙跑过来扶着他坐回了沙发上。

"汪如,我这辈子都忘不了这个名字。"见陆星辰不说话,他冷笑起来,"你去找她吧,我也想看看,这么多年了,她有没有一点儿悔过之心!"

说完,白松用拐杖狠狠地敲了一下地板。

"不可能,你在骗我!"虽然不愿意相信,但陆星辰还是默默地记住了这个名字——汪如。

"也罢,我累了,你走吧。"白松忽然挥了挥手,疲倦地靠在沙发上,呼吸缓慢而沉重。

陆星辰见状,站在原地不肯动,嘴里不停地重复着"你一定在骗我"。

白松长呼出一口气,吩咐身边的人说:"送她走吧。"

陆星辰被那个中年妇女"轰出"了白家的别墅。

外面还下着连绵细雨,没一会儿,她已经分不清脸上的是眼泪还是雨水,恍恍惚惚地离开,一路上抱着双臂瑟瑟发抖。

陆星辰回到家里,苏话刚要问她为何提早放学了,还没开口,陆星辰就晕在了苏话的面前。苏话抱着她的时候,才发现她发烧了。

后来,苏话索性替陆星辰请了病假,一连几天下来,陆星辰的精神都不是很好,也很少说话,苏话见到她这个样子,不忍心追问她那天晚上到底发生了什么事情,可到底还是担心,每次吃饭一副欲言又止的样子,都被陆星辰看在眼里。

第四天中午,陆星辰终于主动开口:"那天晚上,我去见白松了。"

"他说什么了?"苏话震惊地抬头,很快又觉得没什么好惊讶的。自她坦白白然已经去世之后,她早就猜到陆星辰一定会去找白家的人问清楚白然的死因。

陆星辰低着头,艰难地开口:"他说,妈妈是被爸爸和一个医生害死的,还说我现在去找他,是为了白家的财产……"

苏话闻言愣住了,这个结果出乎她的意料,好几个念头闪过脑海,心不在焉地问:"他真这么说的?"

陆星辰没有发现苏话的异常:"嗯,他好像不担心我去找那个叫作汪如的医生。"

"他让你去找谁对质你就去,别让白家的人给骗了!"一提到这个名字,苏话忽然激动了。说起来,苏话也有很多年没有见过汪如了,当年她回凰城之后曾到过汪如工作的医院找汪如了解陆星辰的情况,不料对方的手机已经停机,人也不在医院上班了。

可是,白松为什么会说白然的死与汪如有关系?这里面,是不是还有她不了解的隐情?

"我相信爸爸。"陆星辰认真地点点头,说完又开始迷惑了,"那我现在该怎么办……"

"找汪如!"苏话笃定地回答。

毕竟做贼的人一定不会承认自己是贼,如果白然的死真的和白家的人有关,白松自然不会对她透露过多的信息,而汪如,如果是被冤枉的,那一定可以问出什么线索,毕竟被诬陷的人总会努力去证明自己是清白的。

可是,汪如在哪里?

"我去上学了!"陆星辰忽然精神抖擞地扔下筷子。

苏话闻言皱眉,冲着陆星辰的背影喊道:"喂,你发烧还没完全好,再休息两天吧!我都替你请假了!"

这个声音,被陆星辰关在了屋里。

4

地球没有因为谁生病谁难过而停止运转,世界一直在以一个平稳的速度发生着变化,比如陆星辰出门的时候,凰城的连绵细雨已经停了,迎来了春日的暖阳,就连人行道旁边的绿化带也开出了不知名的小花,一朵连一朵,连成一片雪白;又比如公交站旁

边那个破烂不堪的垃圾桶,已经被全新的垃圾桶代替;再比如,那个常年在公交站附近乞讨的老头儿不见了……但这些都不是陆星辰关心的,唯一引起她好奇的是,班上的氛围变得莫名其妙。

如果说,把班上的每一个人比喻成行星,那么肖雪泥一定是太阳,行星围绕着太阳不分昼夜地公转,属于正常现象,而今天,一点儿都不正常。

陆星辰站在教室门口,一眼就能看到肖雪泥孤零零地坐在自己的座位上,往日会在课余时间去找肖雪泥谈论某某男星或借某本漫画的同学全都不见了,陆星辰能感受到在教室的某个角落,有着她所熟悉的不友好的目光正幸灾乐祸地观望着肖雪泥。

许久,肖雪泥抬头,无意间瞥到站在门口的陆星辰,吃惊地发出一个连自己都觉得陌生的声音:"星辰?"很无力,没有朝气。

等陆星辰走到肖雪泥身边的时候,肖雪泥迫不及待地伸出手拉住陆星辰,好看的眼睛弯成了月牙:"你终于来了!"

说罢,少女微笑的眼睛,被覆上了一层晶莹剔透的液体。

陆星辰有些受宠若惊,自己才没来学校几天,肖雪泥就变得这么感性了?这可不是她的作风。

陆星辰下意识地环顾整个教室,发现有目光正有意无意地朝她这边看来,让她一阵莫名其妙,她又看了看眼前一反常态的肖雪泥,忍不住开口问:"你……怎么了?"

"看到你来高兴啊!"肖雪泥轻轻推了陆星辰一把,娇嗔道,"马上上课了,我先去一趟洗手间。"

陆星辰看着女孩头也不回地离开座位,一阵不安,因为肖雪泥有个习惯,无论做什么都需要有个人陪着她。所以是发生什么事情让她又开始疏离自己了吗?

很快,陆星辰发现事情没有那么简单。

下午的三节课,陆星辰上得昏昏沉沉,特别是数学课,她根本无法动脑思考,做题的时候一个公式都想不起来。她下意识地摸了摸自己的额头,还有点儿低烧,怪不得全身无力。

陆星辰索性趴下,侧头的时候发现肖雪泥也不在状态,本以为肖雪泥只是一时走神,结果等到放学,肖雪泥收拾好课桌说一句"我先走了"就形单影只地离开了——既没有拉上任何同学做伴,也没有要求陆星辰同她一起回家。

这实在是太奇怪了。

回想起以往的每一天,哪怕陆星辰每次拒绝她,她都会抱怨一会儿再和其他同学一起走或自己一个人走,可这一次,她居然没找人做伴,就直接走了!

陆星辰担心肖雪泥出事，犹豫再三，还是追了出去。

刚放学的走廊，非常拥挤，加上几个高个子的男同学慢吞吞地走在她的前面，任她怎么踮脚侧身，都看不见肖雪泥的身影，索性大声喊起肖雪泥的名字。

得不到回应，不是肖雪泥已经消失了，而是不知道她在想什么，毫无反应。

好不容易等到那几个男生在转角处拐向了其他班级，陆星辰才松了一口气，正当她要以百米冲刺的速度跑下楼梯的时候，才刚起步，就被人从身后揪住了脖子后面的领子，勒得她生疼。

她像被人拎一只猫咪一样轻轻松松地拎了回来，陆星辰又气恼又不解地转身，这才撞上一张俊朗的脸庞。

她本能地后退一小步，站在她眼前的人是穿着蓝白校服，抱着双臂的夏樊，他总喜欢把衣服的袖子捋到前臂中间，结实的手臂裸露在微凉的空气里，充满力量，而那双琥珀色的眼眸像是洒入了阳光那般明亮，使得他浑身上下都散发着蓬勃的朝气。

"我说怎么那么多天都没见你去扫地，原来是一放学就溜了啊！"男生轻启薄唇，一副恍然大悟的模样。

陆星辰轻"啊"了一声，一时没反应过来。

"偏偏真的轮到我值日你就跑，你该不会是存心的吧？"夏樊鄙夷地眯了眯眼，失落感油然而生，"上次说什么要和我考一样的大学也是假的吧？"

上次见面……嗯，在操场上，知道了夏樊讨厌她的真正原因……

想到这里，陆星辰不明所以的神色慢慢地染上了歉意，赶紧小声地解释："我没有。"

"没有你跑什么？"

"我……"该不该和他说雪泥不对劲呢？以肖雪泥的性格，应该会向夏樊倾诉的吧？如果真的发生什么事情，夏樊也不会像现在那么淡定吧？这么一想，陆星辰便认为自己多虑了。

"你什么？"

"没什么。"陆星辰垂下眉眼，抱歉地说，"我现在就去帮你扫。"说罢，女生自顾自地走向了夏樊的班级。

夏樊站在原地，看着女孩因为奔跑而摆动的马尾，心情甚好——终于见到她，不用再因为她不来学校而胡思乱想又不敢问肖雪泥了。

忽然，走廊尽头传来陆星辰的声音："你们的教室锁门了。"

这个声音，给了夏樊一个光明正大的留下的理由，他满意地勾了勾唇，二话不说插着口袋走向陆星辰。因为从来没有想过会偶遇她，所以他早早把教室给锁了，想等到晚自修放学之后再打扫。

男生慢悠悠地开锁，陆星辰随口说道："你把钥匙给我，就不用留在这儿等了。"

夏樊看着陆星辰伸出来的一只手，小小的手掌正等待着他的钥匙，他不假思索地拒绝："不行。"

"为什么？"陆星辰皱起眉头，明明以前也是这样的。

"因为……"因为什么呢？总不能坦白自己只是想留下来陪她吧？想到这里，夏樊使劲儿摇了摇头，他怎么会有这样的想法？

"那你想留下来就留下来好了。"陆星辰也没太当回事，走进教室找扫把。

说者无意，听者有心，说的就是此时此刻的夏樊，他如同被人识破了心思一般，蓦地涨红了脸，心虚地辩解道："要不是前阵子教室遭贼了，我不放心把钥匙交给你，才不会留下来等你。"

陆星辰不解地瞟了一眼激动的夏樊，小声嘀咕："我又没有说你是为了等我才留下来的……"

为了证明自己没有那么好心，夏樊飞快地从自己的桌洞里掏出一个草稿本，迅速地把上面用过的纸一张张撕下来，然后揉成球扔到地板上。

这种急于掩饰的心情，以及突如其来的幼稚行为，陆星辰并不能理解。

地板上的纸团越来越多，她不禁气恼地瞪向夏樊："你……"

有病是吧？

声音忽然堵在喉咙里发不出来，一方面她实在没有力气和他生气，本来打算一放学就回家吃药的，结果拖到现在还未离开学校让她整个人越来越无力了，另一方面她很清楚这一切都是她"活该"，她有什么资格骂他呢？这些恶作剧，和她欠他的比起来又算什么？

陆星辰收起愤懑，乖乖低头扫地。

她也曾想过，如果她是夏樊，应该会比他更过分吧？她害别人失去的不是一个玩具，也不是一顿美味的晚餐，而是最亲的妈妈。

这么想着，陆星辰平静了许多，只是不知道为什么，眼前开始出现重影，慢慢地，她连夏樊都看不清了，随着突如其来的黑暗袭然倒下。

还在制造垃圾的夏樊猛然停下动作，惊恐地看着倒地的陆星辰，大脑一片空白。

过了两秒钟，他才有了反应，飞快地绕过桌子跑到女孩的身边，扶起软趴趴的她，慌张地喊道："喂……陆星辰！你怎么了？"

他的手掌贴上她的脸蛋，只觉得烫手，下意识地摸了摸她的额头，也是一阵滚烫。

"笨死了，生病也不说。"男生慌张的语气，更像是在责备自己。

他已经管不了要不要和她保持距离，直接拉起她的双手架在自己的肩上，果断地将她背去医务室。无奈的是，学校的医务室关门了，他只好背着她往学校外面的医院跑去。

因为母亲一直住在学校附近的医院，夏樊很清楚该走什么样的路能最快抵达，他在医院娴熟地办好一系列手续，看着躺在病床上输液的陆星辰，终于松了一口气。

窗外的天已经暗了下来，夏樊坐在病床旁边看出去，只能看见外面星星点点的灯光与映在玻璃上的自己的影子重叠在一起，脸上是一副既心疼又懊悔的神情。

他不想承认自己会心疼她，可还是发生了。如果真的那么讨厌她，为什么会紧张地将她送来医院？当年母亲摔伤的事情，真的全是她的责任吗？

夏樊一直以来不愿意细想的问题，他在这一刻终于有勇气面对，表面上是他怪陆星辰不信守承诺，实际上是他无法原谅当年那个不计后果追着萤火虫跑的自己，如果当时他的好奇心能少一点儿，或许就能避开一场灾难。

越来越清晰的认知，在夏樊的脑海里如滚雪球般慢慢地壮大起来——他讨厌的不是陆星辰，是自己。他对她不得不在乎的情绪，以及那些被自己刻意忽略掉的细枝末节，本以为可以不负责任地丢在时光的洪流中，任由它们被冲刷得一干二净，不曾想过它们也坚固得如同自己的执念一般，依附着时光的轨迹前行。

自己一直奋力与她保持距离的行为，如今看来，不过是自欺欺人的懦弱表现而已。

"等她醒来，记得让她吃一次药，务必饭后吃。"刚帮陆星辰输完液的护士小姐程序般地提醒夏樊。

"好。"夏樊点点头，护士离开后，他也走出了病房，去给陆星辰买吃的。

站在医院附近的快餐店里，他木讷地盯着摆在自己眼前的那些菜，一时不知道该给她买什么菜，她喜欢吃什么呢？

对了，葱花蛋。想起这个，夏樊颇为得意地笑了，和老板要了一个葱花蛋和一份香菇滑鸡，又匆匆返回了医院。

陆星辰睁开眼睛，洁白的房间让她感到陌生，瞥见一旁高高挂着的输液瓶才明白自己被送进医院了。

谁送她来的？

最后见的人是夏樊，难道是他？

陆星辰没有想太久，晕乎乎地从病床上坐起来，然后下床，自己举着输液瓶去找卫生间。

医院这一层楼的卫生间在走廊的尽头，要走很长的路，等陆星辰折回病房的时候忽然想起了什么，看见一个护士就抓着问认不认识一个叫汪如的医生，结果每一个人都摇头。

陆星辰感到一阵无力，一想到这只是大海捞针的开始，不禁发慌——如果一直找不到怎么办？

"小李，赶紧打电话通知302病房病人的家属，病人有突发情况！"一个医生忽然匆匆经过，朝着所谓的302病房跑过去。

刚被陆星辰问完话的小护士立即收起脸上的笑容，神色凝重，赶紧跑到一旁的柜台拿起了固定电话，熟练地按着一串号码。

陆星辰看着眼前的一切，也莫名地紧张起来，心想着赶紧回病房缓解一下本来就慌乱的情绪，却被刚刚那个护士的声音拉了回来："喂，您好，请问是汪如女士的家属吗？汪如女士……"

后面的话，陆星辰也没有注意听了，所有的注意力都集中在"汪如"这个名字上，她立即转身，跑到柜台前问那个刚挂下电话的护士："刚刚……你说的是汪如？"

护士奇怪地看着陆星辰："她是病人，不是你要找的医生。"

陆星辰忍不住举着输液瓶跑到了302病房，但她去晚了，病房内已经没有任何人，还少了一张病床，应该是被推走了。

陆星辰回到自己的病房的时候，意外地看见夏樊正不知所措地坐在病床旁边的椅子上，她从来没有见过那么心不在焉的夏樊，干净的面容尽是满满的担心与焦虑，两只手搭在一起不停地反复摩擦，俨然一副坐立不安的模样。

陆星辰讷讷地开口："是你把我送来医院的？"

夏樊听到声音，惊喜地抬头，又很快沉了沉脸色，答非所问："你去哪儿了？"

"我……上厕所。"陆星辰感觉到对方的不悦，只要他不高兴，她就会觉得自己又做错了什么。大概，这就是一个亏欠了别人很多的人的心理吧——总是小心翼翼地观察着"债主"的神色，每时每刻期待着对方的一个笑容或一句好听的话，从而缓解自己内心的罪恶感。

这个答案，夏樊还算满意，他指了指桌子上的快餐，僵硬地说："吃了饭赶紧吃药,自己生病了都不知道!不知道的还以为我虐待你!"

就是因为你"虐待"我,才不能回家吃药的。

这样的反驳,若是换作以前,陆星辰早就脱口而出。

她低低"嗯"了一声,走到桌子旁边打开快餐盒,看到里面黄绿相间的葱花蛋时,讶异不已。

"我不知道你爱吃什么,就随便买了。"夏樊的语气听不出任何情绪。

"可是……"你那么讨厌我,为什么偏偏买了我爱吃的?

陆星辰满肚子的疑问,终究因为怕惹怒了对方而不敢开口,她不知道会不会在她问出口之后对方才意识到自己买了什么菜,然后把眼前的这份饭直接倒进垃圾桶也不给她吃,为了填饱肚子她决定住嘴,但这也直接导致了陆星辰不敢在他面前把那个蛋夹起来吃,生怕他睹物对她起了恨意。

"你为什么不吃?"陆星辰没想到夏樊站到了她身边,注视着餐盒里的葱花蛋。

"我……"陆星辰犹豫了一会儿,"我能吃吗?"

被陆星辰这么一问,夏樊有点儿尴尬,本想装作不记得这一回事的,没料到她会提起,他索性丢下一句没温度的话:"爱吃不吃!"

陆星辰豁然开朗,偷偷扬起嘴角。

熟悉的味道弥漫在舌尖,就像旧时光重现那般,她想起了爸爸和蔼可亲的样子,和记忆中的味道一模一样。

突然,好想爸爸……

夏樊察觉到女孩的眼睛里多了亮晶晶的东西,惊呼道:"喂,你吃个饭也能哭?"

"自从爸爸住院以后,我就没有吃过爸爸做的葱花蛋了,这个味道像爸爸做的。"陆星辰的眼睛弯成好看的月牙,泪水突然溢出,缓缓滑落,一副流泪的笑容。

夏樊一想到她的父亲已经过世的事实,心脏就会猛地缩紧,如同被人狠狠攥了一把,疼痛不可遏制,他忍不住伸手粗暴地帮她擦去眼泪,低声说:"真是拿你没办法。"

男生温热的指腹与女生的肌肤用力摩擦,空气中明显多了暧昧不明的分子,陆星辰愣愣地看着夏樊,显然被夏樊这个不温柔却亲密的举动惊住了,惹得她的脸颊泛起了红晕,一片火辣辣的。

夏樊迎上陆星辰受宠若惊的目光,忽然意识到是自己的举动带来了尴尬,一时不知所措,索性抢过她的筷子,把剩下的葱花蛋都吃掉:"你说得我都想吃了!"

结果他的动作非但没有缓解尴尬的气氛,陆星辰反而因为他毫不介意地用她吃过的

筷子,蓦地脸更红了。夏樊顺着她的目光落到他手中的筷子上,忽地明白了什么,气氛更尴尬了,两个人的目光躲闪,不知所措。

最后,是一阵悠长的手机振动声打破了尴尬。

夏樊盯着手机屏幕上的"老爸",隐隐地滋生出一种不祥的预感,爸爸从来不会没事给他打电话。

"爸。"夏樊不安地按下了接听键。

"我在……"

"什么?"

"好!我知道了!"

"我现在就去!"

简单的几句话,让男生的眉头越皱越紧,脸色一下子沉了下来,凝重得仿佛蒙上一层寒霜。

陆星辰不知道该不该问,怯生生地开口:"怎么了?"

"我还有事,先走了。"夏樊抬头看了一眼陆星辰,有些难过——妈妈又被送到重症病房了。

这一次,他没有像过去那么恨她了,因为已经受够了反反复复的矛盾的折磨,他略疲惫地收起手机,嘱咐道:"我已经付过费了,你输完液直接离开就好,桌子上的药别忘了。"

"哦。"意料之中地,问了也没用,陆星辰点点头,"那我改天再把钱还给你。"

"不用了。"说完,夏樊离开了病房。

5

第二天是周六,等到周一上午,陆星辰见到肖雪泥的时候,肖雪泥依旧经常走神,无论上课还是下课,她经常一个人在座位上发呆。

连续一段日子下来,陆星辰在课间忍不住问:"雪泥,你最近是不是心情不好?"

肖雪泥迟钝地望过来,好一会儿才反应过来陆星辰问了她一个什么问题,立马挤出一个灿烂的笑容:"怎么会这么问?"

"就是感觉……你最近总是心不在焉的。"

"可能是因为我最近看了一个悬疑小说,满脑子都是里面的案情。"

"就这样?"

"对啊！"肖雪泥莞尔一笑，站起来，"星辰，我去一趟洗手间，你去帮我打杯水好不好？我怕我回来上课时来不及。"

陆星辰能感觉到对方在强颜欢笑，没有再追问："好。"

她目送肖雪泥孤零零地离开教室，才拿着肖雪泥的可爱的粉红色保温杯起身，才走出过道，就听到身后传来一个类似提醒的女声："陆星辰，如果我是你，我才不会稀罕她这个朋友。"

陆星辰回头，看见陶思一脸正义地抱着双臂注视着她。

"肖雪泥根本没有把你当成好朋友。"陶思一副正义感爆棚的样子，"你知不知道她在背后怎么说你的？说你傻，说你土！还有，如果不是她告诉大家，谁会知道你是没有爸爸妈妈的孩子？"

陶思的声音很大，引来了不少同学的围观，有几个女生还附和着陶思，这些声音传入陆星辰的耳膜，她觉得头痛，想要逃走却又逞强地留了下来。

不知道是谁在一旁煽风点火："她家就要破产了，你也不用迁就她，把她当大小姐一样供着了。"

破产！

在那么多伤人的话中，陆星辰终于捕捉到了最重要的信息。回想起这段时间行为古怪的肖雪泥，她终于找到了原因，终于知道那些昔日与肖雪泥交好的同学为什么会全部离她远去。

她明白有些友谊掺杂着虚假的成分，但没有想到大家与肖雪泥之间的友谊如此脆弱。

陆星辰慢慢地看着眼前一张张陌生又熟悉的面孔，李潇然没有参与进来，而是站在角落里静静地观望着这一切。

陆星辰盯着她，想起她平日里和肖雪泥有说有笑的样子，忍不住一阵心寒："你也这么认为？"

李潇然本能地低下头，不置可否。

直到陆星辰的眼角余光扫到从厕所回来站在教室门口的肖雪泥，她怔住了。

此刻，肖雪泥的目光从未从陆星辰的身上挪走，看不出情绪，两个人就这样长久地对视着，直到上课铃声响起，肖雪泥突然转身，跑掉了。

不知道为什么，在那一瞬间，陆星辰忽然释怀。

友谊不就是这样吗？脆弱得像在空气中飘浮着的五彩泡泡，轻轻一戳，就破了，连碎裂的声音都听不见。

陆星辰缓缓地转过头看向身边的每一个人，淡漠地扬了扬嘴角："所以，你们和她做朋友，都是因为她家里有钱？"

"不然图什么？谁会傻到啥都不图，天天看她的脸色？还真以为自己是大小姐？"

只当肖雪泥昔日里那些零食、课外书、小礼物全都喂了狗。

陆星辰冷笑了一下，虽然从别人口中听到那些所谓的"真相"会很难受，可是，如果她在这时候丢下肖雪泥，那她和眼前的这些人又有什么区别？

陆星辰不想成为趋炎附势的人，故作镇定地去宣布："可是我愿意，我愿意和她做朋友。"

只有自己知道，说出这样的话，会令自己更难过。

你看啊，就算你什么都不图人家的，人家还是没有把你当成真正的朋友。

在眼泪汹涌而下之前，陆星辰飞快地跑出了教室。

陆星辰是在顶楼的厕所找到肖雪泥的。

那是陆星辰第一次看见肖雪泥痛哭流涕的样子——小小的身子蹲在厕所的角落，紧紧地抱着胳膊，把脸埋进膝盖，伴随着无所顾忌的哭声，一下一下地颤抖着。

她站在肖雪泥的面前，不知道该说点儿什么，只好静静地看着她哭。

过了好一会儿，肖雪泥才察觉到有人站在自己的面前，她愣愣地抬起头，满脸泪水地抽噎着说："你……你是来找我算账的吗？"

陆星辰看着她没有说话。

肖雪泥低下头一边哭一边断断续续地说："你现在一定很讨厌我吧？你明明没有说过我的坏话，明明对我那么好，可我……对不起……真的对不起！"

她抬起手反反复复地抹眼泪："你知道吗？我从来没有一个真心的朋友，当我知道家里要破产的时候，我对谁都不敢说，就是害怕有一天谁都不和我玩了……"

陆星辰听着肖雪泥的哭诉，眼泪漫上眼眶，她微微仰起脸，试图让眼泪倒流回去。

突然，肖雪泥伸出一只手，轻轻扯了扯她的衣角，可怜兮兮地说道："对不起，我不知道能送什么给你才能让你消气……如果你不嫌弃，我把家里的那些限量版包包都送给你……"

陆星辰诧异地低下头，看着满眼乞求的肖雪泥，忍不住一阵心痛。

她曾经以为，习惯当公主的人容易恃宠而骄，可现在，眼前的"落难公主"为了维护她那小小的友谊，不惜对人低声下气、摇尾乞怜。也许在别人眼里，肖雪泥的行为和想法很幼稚，可对她来说，肖雪泥和她是一样的，都渴望收获真挚的友情。

陆星辰再也忍不住了，她猛地蹲下，紧紧抱着肖雪泥的肩膀哭喊起来："谁要你的限量版包包啊！我什么都不要你的！傻瓜！我们是最好的朋友啊！"

是你说过的，我们要永远做彼此最好的朋友。

"我还以为你不会原谅我了……"肖雪泥抱着陆星辰，哭得更大声了。

如果说友谊像五彩的泡泡容易被戳破，那么我愿意为了你去吹出更多的泡泡来弥补那些已经在空气中爆裂的泡泡，哪怕这个过程会很辛苦，我也会努力让我们都看到一个五彩斑斓的世界。

只要，你真的拿我当朋友。

谁都没有料到陆星辰和肖雪泥还能做回好朋友，所以当班上的同学看着两个女孩手牵着手回到教室时，都非常震惊。

陆星辰常常在想，世界应该不只有一个中心吧，比如她的世界，好像有四个中心那么多呢。

在学校里，她围着肖雪泥转，在别人欺负肖雪泥的时候替朋友抱不平；放学后，她围着夏樊转，与其说是帮他打扫卫生，不如说是在替自己赎罪；回家后，她围着苏话转，迫于生计常常会和苏话一起熬夜做手工，苏话总会劝她早点儿睡，可她不愿意看着苏话一个人忙；少数的闲暇时光里，她没有像同龄的女生一样逛街、聚餐，而是围着医院转，试图再找到汪如。

时钟平凡有序地转过一圈又一圈，据说夏樊的父亲融了一笔巨款到肖雪泥家的公司，因此肖雪泥家的公司已经慢慢走回正轨，等到文理分班的时候，同样选择理科的陆星辰和肖雪泥没有被分到同一个班级，但肖雪泥多次和学校提出申请换了班级，两个人又顺理成章地成为同桌。

从春天到冬天，周而复始，陆星辰和肖雪泥越来越亲密，夏樊则渐渐习惯站在两个女孩的身后，看她们说笑玩闹，一切看起来是那么安然美好。

可所有看似静好的岁月，其实都不过是暴风雨来临之前的平静时刻。

——本季完——

私人定制少女馆全新力作——
《琅玕馆：浮生十二愿(上)》
唯美上市！再现经典！

一间神秘的**琅玕画馆**，
一部唯美的**妖兽传奇**！

麒麟、蝶姬、丹鱼、狐妖，
每只画中灵兽，
为你所用，许你所求，给你所愿！
亲情、爱情、家国、抉择，
许一段玲珑愿，
不问前程，不畏将来，不改初心！

随书附赠：
《浮生录：梦计划的手札》日程本

心动分享价
25.80元/本

**意林·轻文库
私人定制少女馆**

为每一个女孩私人定制的甜美故事，
为每一段青春定制最独特的风景，
让"私人定制少女馆"陪你去寻找另一个时空里
专属你的独家传奇吧！

超值回馈价：
25.00元/本

《恋恋星煌十二宫》　《守护十二生辰石》

随书附赠：《星月夜·治愈系的浪漫》大开本唯美手札
《卷珠帘·糖果色的温暖》大开本浪漫甜美手札

画尽时光难画你

幻世倾城①

意林·轻文库 美少年系列
暖爱&悬疑&虐心力作——

一部脑洞大开的悬疑故事，
一个纷乱奇幻的青春幻世……

我画过浮云和深海，画过星河与尘埃，
却终究画尽时光难画你。

超值回馈价：
25.80元